大活字本

# 輩は猫である 3

夏目漱石



ぺんで舎
Silver
シルバー文庫

（抄前）

戸棚の中でことことと音がしだす。小皿の縁を足で抑えて、中をあらしているらしい。ここから出るわいと穴の横へすくんで待っている。なかなか出て来る景色はない。皿の音はやがてやんだが今度はどんぶりか何かに掛ったらしい、重い音が時々ごとごととする。しかも戸を隔ててすぐ向う側でやっている、吾輩の鼻づらと距離にしたら三寸も離れておらん。時々はちょろちょろと穴の口まで足音が近寄るが、また遠のいて一匹も顔を出すものはない。戸一枚向うに現在敵が暴行を逞しくしているのに、吾輩はじっと穴の出口で待っておらねばならん随分気の長い話だ。鼠は旅順椀（りょじゅんわん）の中で盛に舞踏会を催うしている。せめて吾輩の這入れるだけ御三がこの戸を開けておけば善いのに、気の利かぬ山出しだ。

今度はへっついの影で吾輩の鮑貝がことりと鳴

る。敵はこの方面へも来たなと、そーっと忍び足で近寄ると手桶の間から尻尾がちらと見えたぎり流しの下へ隠れてしまった。しばらくすると風呂場でうがい茶碗が金盥にかちりと当る。今度は後方だと振りむく途端に、五寸近くある大な奴がひらりと歯磨の袋を落してえんの下へ馳け込む。逃がすものかと続いて飛び下りたらもう影も姿も見えぬ。鼠を捕るのは思ったよりむずかしい者である。吾輩は先天的鼠を捕る能力がないのか知らん。

　吾輩が風呂場へ廻ると、敵は戸棚から馳け出し、戸棚を警戒すると流しから飛び上り、台所の真中に頑張っていると三方面共少々ずつ騒ぎ立てる。小籏と云おうか、卑怯と云おうか到底彼等は君子の敵でない。吾輩は十五六回はあちら、こちらと気を疲らし心を労（つか）らして奔走努力して見たがついに一度も成功しない。残念ではあるがかかる小人を敵にしてはいかなる東郷大将も施こすべき策がない。始めは勇気もあり敵愾心もあり悲壮と云う崇高な美感さえあったがついには面倒と馬鹿気ているのと眠いのと疲れたので台所の真中へ坐ったなり動かない事になった。しかし動かんでも八方睨みを極め込んでいれば敵は小人だから大した事は出来んのである。目ざす敵と思った奴が、存外けちな野郎だと、戦争が名誉だと云う感じが消えて悪（に）くいと云う念だけ残る。悪くいと云う念を通り過すと張り合が抜けてぼーとする。ぼーとしたあとは勝手にしろ、どうせ気の利いた事は出来ないのだからと軽蔑の極（きょく）眠たくなる。吾輩は以上の径路をたどって、ついに眠くなった。吾輩は眠る。休養は敵中に在っても必要である。

横向に庇を向いて開いた引窓から、また花吹雪を一塊りなげ込んで、烈しき風の吾を遶（めぐ）ると思えば、戸棚の口から弾丸のごとく飛び出した者が、避くる間もあらばこそ、風を切って吾輩の左の耳へ喰いつく。これに続く黒い影は後ろに廻るかと思う間もなく吾輩の尻尾へぶら下がる。瞬く間の出来事である。吾輩は何の目的もなく器械的に跳上がる。満身の力を毛穴に込めてこの怪物を振り落とそうとする。耳に喰い下がったのは中心を失ってだらりと吾が横顔に懸る。護謨(ゴム)管のごとき柔かき尻尾の先が思い掛なく吾輩の口に這入る。屈竟(くっきょう)の手懸りに、砕けよとばかり尾を啣(くわ)えながら左右にふると、尾のみは前歯の間に残って胴体は古新聞で張った壁に当って、揚板の上に跳ね返る。起き上がるところを隙間なく乗し掛れば、毬を蹴たるごとく、吾輩の鼻づらを掠めて釣り段の縁に足を縮めて立つ。彼は棚の上から吾輩を見おろす、吾輩は板の間から彼を見上ぐる。距離は五尺。その中に月の光りが、大幅の帯を空に張るごとく横に差し込む。吾輩は前足に力を込めて、やっとばかり棚の上に飛び上がろうとした。前足だけは首尾よく棚の縁にかかったが後足は宙にもがいている。尻尾には最前の黒いものが、死ぬとも離るまじき勢で喰い下っている。吾輩は危うい。前足を懸け易(か)えて足懸りを深くしようとする。懸け易える度に尻尾の重みで浅くなる。二三分(にさんぶ)滑れば落ちねばならぬ。吾輩はいよいよ危うい。棚板を爪で掻きむしる音ががりがりと聞える。これではならぬと左の前足を抜き易える拍子に、爪を見事に懸け損じたので吾輩は右の爪一本で棚からぶら下った。自分と尻尾に喰いつくものの重みで吾輩のからだがぎりぎりと廻わる。この時まで身動きもせずに覘(ねら)いをつけていた棚の上の怪物は、こぞと吾輩の額を目懸けて棚の上から石を投ぐるがごとく飛び下りる。吾輩の爪は一縷のかかりを失う。三つの塊まりが一つとなって月の光を竪に切って下へ落ちる。次の段に乗せてあった擂鉢(すりばち)と、擂鉢の中の小桶とジャムの空缶が同じく一塊となって、下にある火消壺を誘って、半分は水甕の中、半分は板の間の上へ転がり出す。すべてが深夜にただならぬ物音を立てて死物狂いの吾輩の魂をさえ寒からしめた。

「泥棒！」と主人は胴間声を張り上げて寝室から飛び出して来る。見ると片手にはランプを提げ、片手にはステッキを持って、寝ぼけ眼よりは身分相応の炯々たる光を放っている。吾輩は鮑貝の傍におとなしくして蹲踞る。二疋の怪物は戸棚の中へ姿をかくす。主人は手持無沙汰に「何だ誰だ、大きな音をさせたのは」と怒気を帯びて相手もいないのに聞いている。月が西に傾いたので、白い光りの一帯は半切ほどに細くなった。

## 六

こう暑くては猫といえどもやり切れない。皮を脱いで、肉を脱いで骨だけで涼みたいものだと英吉利（イギリス）のシドニー・スミスとか云う人が苦しがったと云う話があるが、たとい骨だけにならなくとも好いから、せめてこの淡灰色の斑入の毛衣だけはちょっと洗い張りでもするか、もしくは当分の中（うち）質にでも入れたいような気がする。人間から見たら猫などは年が年中同じ顔をして、春夏秋冬一枚看板で押し通す、至って単純な無事な銭のかからない生涯を送っているように思われるかも知れないが、いくら猫だって相応に暑さ寒さの感じはある。たまには行水の一度くらいあびたくない事もないが、何しろこの毛衣の上から湯を使った日には乾かすのが容易な事でないから汗臭いのを我慢してこの年になるまで洗湯の暖簾を潜った事はない。折々は団扇でも使って見ようと云う気も起らんではないが、とにかく握る事が出来ないのだから仕方がない。それを思うと人間は贅沢なものだ。なまで食ってしかるべきものをわざわざ煮て見たり、焼いて見たり、酢に漬けて見たり、味噌をつけて見たり好んで余計な手数を懸けて御互に恐悦している。着物だってそうだ。

猫のように一年中同じ物を着通せと云うのは、不完全に生れついた彼等にとって、ちと無理かも知れんが、なにもあんなに雑多なものを皮膚の上へ載せて暮さなくてもの事だ。羊の御厄介になったり、蚕の御世話になったり、綿畠の御情けさえ受けるに至っては贅沢は無能の結果だと断言しても好いくらいだ。衣食はまず大目に見て勘弁するとしたところで、生存上直接の利害もないところまでこの調子で押して行くのは毫も合点が行かぬ。

第一頭の毛などと云うものは自然に生えるものだから、放っておく方がもっとも簡便で当人のためになるだろうと思うのに、彼等は入らぬ算段をして種々雑多な恰好をこしらえて得意である。坊主とか自称するものはいつ見ても頭を青くしている。暑いとその上へ日傘をかぶる。寒いと頭巾で包む。これでは何のために青い物を出しているのか主意が立たんではないか。そうかと思うと櫛とか称する無意味な鋸様の道具を用いて頭の毛を左右に等分して嬉しがってるのもある。等分にしないと七分三分の割合で頭蓋骨の上へ人為的の区劃（くかく）を立てる。中にはこの仕切りがつむじを通り過して後ろまで食み出しているのがある。まるで贋造の芭蕉葉のようだ。その次には脳天を平らに刈って左右は真直に切り落す。丸い頭へ四角な枠をはめているから、植木屋を入れた杉垣根の写生としか受け取れない。このほか五分刈、三分刈、一分刈さえあると云う話だから、しまいには頭の裏まで刈り込んでマイナス一分刈、マイナス三分刈などと云う新奇な奴が流行するかも知れない。とにかくそんなに憂身を窶（やつ）してどうするつもりか分らん。第一、足が四本あるのに二本しか使わないと云うのから贅沢だ。四本であるけばそれだけはかも行く訳だのに、いつでも二本ですまして、残る二本は到来の棒鱈のように手持無沙汰にぶら下げているのは馬鹿馬鹿しい。これで見ると人間はよほど猫より閑なもので退屈のあまりかようないたずらを考案して楽んでいるものと察せられる。ただおかしいのはこの閑人がよると障わると多忙だ多忙だと触れ廻わるのみならず、その顔色がいかにも多忙らしい、わるくすると多忙に食い殺されはしまいかと思われるほどこせついている。彼等のあるものは吾輩を見て時々あんなになったら気楽でよかろうなどと云うが、気楽でよければなるが好い。そんなにこせこせしてくれと誰も頼んだ訳でもなかろう。自分で勝手な用事を手に負えぬほど製造して苦しい苦しいと云うのは自分で火をかんかん起して暑い暑いと云うようなものだ。猫だって頭の刈り方を二十通りも考え出す日には、こう気楽にしてはおられんさ。気楽になりたければ吾輩のように夏でも毛衣を着て通されるだけの修業をするがよろしい。――とは云うものの少々熱い。毛衣では全く熱つ過ぎる。

これでは一手専売の昼寝も出来ない。何かないかな、永らく人間社会の観察を怠ったから、今日は久し振りで彼等が酔興に齷齪（あくせく）する様子を拝見しようかと考えて見たが、生憎主人はこの点に関してすこぶる猫に近い性分である。昼寝は吾輩に劣らぬくらいやるし、ことに暑中休暇後になってからは何一つ人間らしい仕事をせんので、いくら観察をしても一向観察する張合がない。こんな時に迷亭でも来ると胃弱性の皮膚も幾分か反応を呈して、しばらくでも猫に遠ざかるだろうに、先生もう来ても好い時だと思っていると、誰とも知らず風呂場でざあざあ水を浴びるものがある。水を浴びる音ばかりではない、折々大きな声で相の手を入れている。「いや結構」「どうも良い心持ちだ」「もう一杯」などと家中に響き渡るような声を出す。主人のうちへ来てこんな大きな声と、こんな無作法な真似をやるものはほかにはない。迷亭に極っている。

いよいよ来たな、これで今日半日は潰せると思っていると、先生汗を拭いて肩を入れて例のごとく座敷までずかずか上って来て「奥さん、苦沙弥君はどうしました」と呼ばわりながら帽子を畳の上へ抛り出す。細君は隣座敷で針箱の側へ突っ伏して好い心持ちに寝ている最中にワンワンと何だか鼓膜へ答えるほどの響がしたのではっと驚ろいて、醒めぬ眼をわざと睜（みは）って座敷へ出て来ると迷亭が薩摩上布を着て勝手な所へ陣取ってしきりに扇使いをしている。

「おやいらしゃいまし」と云ったが少々狼狽の気

味で「ちっとも存じませんでした」と鼻の頭へ汗をかいたまま御辞儀をする。「いえ、今来たばかりなんですよ。今風呂場で御三に水を掛けて貰ってね。ようやく生き帰ったところで――どうも暑いじゃありませんか」「この両三日は、ただじっとしておりましても汗が出るくらいで、大変御暑うございます。――でも御変りもございませんで」と細君は依然として鼻の汗をとらない。「ええありがとう。なに暑いくらいでそんなに変りゃしませんや。しかしこの暑さは別物ですよ。どうも体がだるくってね」「私しなども、ついに昼寝などを致した事がないんでございますが、こう暑いとつい――」「やりますかね。好いですよ。昼寝られて、夜寝られりゃ、こんな結構な事はないでさあ」とあいかわらず呑気な事を並べて見たがそれだけでは不足と見えて「私なんざ、寝たくない、質でね。苦沙弥君などのように来るたんびに寝ている人を見ると羨しいですよ。もっとも胃弱にこの暑さは答えるからね。丈夫な人でも今日なんかは首を肩の上に載せてるのが退儀でさあ。さればと云って載ってる以上はもぎとる訳にも行かずね」と迷亭君いつになく首の処置に窮している。「奥さんなんざ首の上へまだ載っけておくものがあるんだから、坐っちゃいられないはずだ。髷の重みだけでも横になりたくなりますよ」と云うと細君は今まで寝ていたのが髷の恰好から露見したと思って「ホホホロの悪い」と云いながら頭をいじって見る。

迷亭はそんな事には頓着なく「奥さん、昨日はね、屋根の上で玉子のフライをして見ましたよ」と妙な事を云う。「フライをどうなさったんでございます」「屋根の瓦があまり見事に焼けていましたから、ただ置くのも勿体ないと思ってね。バタを溶かして玉子を落したんでさあ」「あらまあ」「ところがやっぱり天日は思うように行きませんや。なかなか半熟にならないから、下へおりて新聞を読んでいると客が来たもんだからつい忘れてしまって、今朝になって急に思い出して、もう大丈夫だろうと上って見たらね」「どうなっておりました」「半熟どころか、すっかり流れてしまいました」「おやおや」と細君は八の字を寄せながら感嘆した。

「しかし土用中あんなに涼しくって、今頃から暑くなるのは不思議ですね」「ほんとでございますよ。せんだってじゅうは単衣では寒いくらいでございましたのに、一昨日から急に暑くなりましてね」「蟹なら横に這うところだが今年の気候はあとびさりをするんですよ。倒行（とうこう）して逆施（げきし）すまた可ならずやと云うような事を言っているかも知れない」「なんでござんす、それは」「いえ、何でもないのです。どうもこの気候の逆戻りをするところはまるでハーキュリスの牛ですよ」と図に乗っていよいよ変ちきりんな事を言うと、果せるかな細君は分らない。しかし最前の倒行して逆施すで少々懲りているから、今度はただ「へえー」と云ったのみで問い返さなかった。これを問い返されないと迷亭はせっかく持ち出した甲斐がない。「奥さん、ハーキュリスの牛を御存じですか」「そんな牛は存じませんわ」「御存じないですか、ちょっと講釈をしましょうか」と云うと細君もそれには及びませんとも言い兼ねたものだから「ええ」と云った。「昔しハーキュリスが牛を引っ張って来たんです」「そのハーキュリスと云うのは牛飼ででもござんすか」「牛飼じゃありませんよ。牛飼やいろはの亭主じゃありません。その節は希臘（ギリシャ）にまだ牛肉屋が一軒もない時分の事ですからね」「あら希臘のお話しなの？　そんなら、そうおっしゃればいいのに」と細君は希臘と云う国名だけは心得ている。「だってハーキュリスじゃありませんか」「ハーキュリスなら希臘なんですか」「ええハーキュリスは希臘の英雄でさあ」「どうりで、知らないと思いました。それでその男がどうしたんで――」「その男がね奥さん見たように眠くなってぐうぐう寝ている――」「あらいやだ」「寝ている間に、ヴァルカンの子が来ましてね」「ヴァルカンて何です」「ヴァルカンは鍛冶屋ですよ。この鍛冶屋のせがれがその牛を盗んだんでさあ。ところがね。牛の尻尾を持ってぐいぐい引いて行ったもんだからハーキュリスが眼を覚まして牛やーい牛やーいと尋ねてあるいても分らないんです。分らないはずでさあ。牛の足跡をつけたって前の方へあるかして連れて行ったんじゃありませんもの、後ろへ後ろへと引きずって行ったんですからね。鍛冶屋のせがれにしては大出来ですよ」と迷亭先生はすでに天気の話は忘れている。

「時に御主人はどうしました。相変らず午睡（ひるね）ですかね。午睡も支那人の詩に出てくると風流だが、苦沙弥君のように日課としてやるのは少々俗気がありますすね。何の事あない毎日少しずつ死んで見るようなものですぜ、奥さん御手数だがちょっと起していらっしゃい」と催促すると細君は同感と見えて「ええ、ほんとにあれでは困ります。第一あなた、からだが悪るくなるばかりですから。今御飯をいただいたばかりだのに」と立ちかけると迷亭先生は「奥さん、御飯と云やあ、僕はまだ御飯をいただかないんですがね」と平気な顔をして聞きもせぬ事を吹聴する。「おやまあ、時分どきだのにちっとも気が付きませんで――それじゃ何もございませんが御茶漬でも」「いえ御茶漬なんか頂戴しなくっても好いですよ」「それでも、あなた、どうせ御口に合うようなものはございませんが」と細君少々厭味を並べる。迷亭は悟ったもので「いえ御茶漬でも御湯漬でも御免蒙るんです。今途中で御馳走を誂らえて来ましたから、そいつを一つここでいただきますよ」と到底素人には出来そうもない事を述べる。細君はたった一言「まあ！」と云ったがそのまあの中には驚ろいたまあと、気を悪るくしたまあと、手数が省けてありがたいと云うまあが合併している。

　ところへ主人が、いつになくあまりやかましいので、寝つき掛った眠をさかに扱《こ》かれたような心持で、ふらふらと書斎から出て来る。「相変らずやかましい男だ。せっかく好い心持に寝ようとしたところを」と欠伸交りに仏頂面をする。「いや御目覚かね。鳳眠（ほうみん）を驚かし奉ってはなはだ相済まん。しかしたまには好かろう。さあ坐りたまえ」とどっちが客だか分らぬ挨拶をする。主人は無言のまま座に着いて寄木細工の巻煙草入から「朝日」を一本出してすぱすぱ吸い始めたが、ふと向の隅に転がっている迷亭の帽子に眼をつけて「君帽子を買ったね」と云った。迷亭はすぐさま「どうだい」と自慢らしく主人と細君の前に差し出す。「まあ奇麗だ事。大変目が細かくって柔らかいんですね」と細君はしきりに撫で廻わす。「奥さんこの帽子は重宝ですよ、どうでも言う事を聞きますからね」と拳骨をかためてパナマの横ッ腹をぽかりと張り付けると、なるほど意のごとく拳ほどな穴があいた。細君が「へえ」と驚く間もなく、この度は拳骨を裏側へ入れてうんと突ッ張ると釜の頭がぽかりと尖んがる。次には帽子を取って鍔と鍔とを両側から圧し潰して見せる。潰れた帽子は麺棒で延した蕎麦のように平たくなる。それを片端から蓆（むしろ）でも巻くごとくぐるぐる畳む。「どうですこの通り」と丸めた帽子を懐中へ入れて見せる。「不思議です事ねえ」と細君は帰天斎正一（きてんさいしょういち）の手品でも見物しているように感嘆すると、迷亭もその気になったものと見えて、右から懐中に収めた帽子をわざと左の袖口から引っ張り出して「どこにも傷はありません」と元のごとくに直して、人さし指の先へ釜の底を載せてくるくると廻す。もう休（や）めるかと思ったら最後にぽんと後ろへ放（な）げてその上へ堂（ど）っさりと尻餅を突いた。「君大丈夫かい」と主人さえ懸念らしい顔をする。細君は無論の事心配そうに

「せっかく見事な帽子をもし壊わしでもしちゃあ大変ですから、もう好い加減になすったら宜うござんしょう」と注意をする。得意なのは持主だけで「ところが壊われないから妙でしょう」と、くちゃくちゃになったのを尻の下から取り出してそのまま頭へ載せると、不思議な事には、頭の恰好にたちまち回復する。「実に丈夫な帽子です事ねえ、どうしたんでしょう」と細君がいよいよ感心すると「なにどうもしたんじゃありません、元からこう云う帽子なんです」と迷亭は帽子を被ったまま細君に返事をしている。

「あなたも、あんな帽子を御買になったら、いいでしょう」としばらくして細君は主人に勧めかけた。「だって苦沙弥君は立派な麦藁の奴を持ってるじゃありませんか」「ところがあなた、せんだって小供があれを踏み潰してしまいまして」「おやおやそりゃ措(お)しい事をしましたね」「だから今度はあなたのような丈夫で奇麗なのを買ったら善かろうと思いますんで」と細君はパナマの価段（ねだん）を知らないものだから「これになさいよ、ねえ、あなた」としきりに主人に勧告している。

迷亭君は今度は右の袂の中から赤いケース入りの鋏を取り出して細君に見せる。「奥さん、帽子はそのくらいにしてこの鋏を御覧なさい。これがまたすこぶる重宝な奴で、これで十四通りに使えるんです」この鋏が出ないと主人は細君のためにパナマ責めになるところであったが、幸に細君が女として持って生れた好奇心のために、この厄運を免かれたのは迷亭の機転と云わんよりむしろ僥倖の仕合せだと吾輩は看破した。「その鋏がどうして十四通りに使えます」と聞くや否や迷亭君は大得意な調子で「今一々説明しますから聞いていらっしゃい。いいですか。ここに三日月形の欠け目がありましょう、ここへ葉巻を入れてぷつりと口を切るんです。それからこの根にちょと細工がありましょう、これで針金をぽつぽつやりますね。

次には平たくして紙の上へ横に置くと定規の用をする。また刃の裏には度盛（どもり）がしてあるから物指の代用も出来る。こちらの表にはヤスリが付いているこれで爪を磨りまさあ。ようがすか。この先きを螺旋鋲の頭へ刺し込んでぎりぎり廻すと金槌にも使える。うんと突き込んでこじ開けると大抵の釘付の箱なんざあ苦もなく蓋がとれる。まった、こちらの刃の先は錐に出来ている。ここん所は書き損いの字を削る場所で、ばらばらに離すと、ナイフとなる。一番しまいに――さあ奥さん、この一番しまいが大変面白いんです、ここに蝿の眼玉くらいな大きさの球がありましょう、ちょっと、覗いて御覧なさい」「いやですわまたきっと馬鹿になさるんだから」「そう信用がなくっちゃ困ったね。だが欺(だま)されたと思って、ちょいと覗いて御覧なさいな。え？　厭ですか、ちょっとでいいから」と鋏を細君に渡す。細君は覚束なげに鋏を取りあげて、例の蝿の眼玉の所へ自分の眼玉を付けてしきりに覗（ねらい）をつけている。「どうです」「何だか真黒ですわ」「真黒じゃいけませんね。も少し障子の方へ向いて、そう鋏を寝かさずに――そうそうそれなら見えるでしょう」「おやまあ写真ですねえ。どうしてこんな小さな写真を張り付けたんでしょう」「そこが面白いところでさあ」と細君と迷亭はしきりに問答をしている。最前から黙っていた主人はこの時急に写真が見たくなったものと見えて「おい俺にもちょっと覧せろ」と云うと細君は鋏を顔へ押し付けたまま「実に奇麗です事、裸体の美人ですね」と云ってなかなか離さない。「おいちょっと御見せと云うのに」「まあ待っていらっしゃいよ。美くしい髪ですね。腰まであります。少し仰向いて恐ろしい背の高い女だ事、しかし美人ですね」「おい御見せと云ったら、大抵にして見せるがいい」と主人は大（おおい）に急き込んで細君に食って掛る。「へえ御待遠さま、たんと御覧遊ばせ」と細君が鋏を主人に渡す時に、勝手から御三が御客さまの御誂（おあつらえ）が参りましたと、二個の笊蕎麦を座敷へ持って来る。

「奥さんこれが僕の自弁の御馳走ですよ。ちょっと御免蒙って、ここでぱくつく事に致しますから」と叮嚀に御辞儀をする。真面目なよう巫山戯（ふざけ）たような動作だから細君も応対に窮したと見えて「さあどうぞ」と軽く返事をしたぎり拝見している。主人はようやく写真から眼を放して「君この暑いのに蕎麦は毒だぜ」と云った。「なあに大丈夫、好きなものは滅多に中（あた）るもんじゃない」と蒸籠（せいろ）の蓋をとる。「打ち立てはありがたいな。蕎麦の延びたのと、人間の間が抜けたのは由来たのもしくないもんだよ」と薬味をツユの中へ入れて無茶苦茶に掻き廻わす。「君そんなに山葵を入れると辛らいぜ」と主人は心配そうに注意した。「蕎麦はツユと山葵で食うもんだあね。君は蕎麦が嫌いなんだろう」「僕は饂飩が好きだ」「饂鈍は馬子が食うもんだ。蕎麦の味を解しない人ほど気の毒な事はない」と云いながら杉箸をむざと突き込んで出来るだけ多くの分量を二寸ばかりの高さにしゃくい上げた。「奥さん蕎麦を食うにもいろいろ流儀がありますがね。初心の者に限って、無暗にツユを着けて、そうして口の内でくちゃくちゃやっていますね。あれじゃ蕎麦の味はないですよ。何でも、こう、一としゃくいに引っ掛けてね」と云いつつ箸を上げると、長い奴が勢揃いをして一尺ばかり空中に釣るし上げられる。迷亭先生もう善かろうと思って下を見ると、まだ十二三本の尾が蒸籠の底を離れないで簀垂（すだ）れの上に纏綿（てんめん）している。「こいつは長いな、どうです奥さん、この長さ加減は」とまた奥さんに相の手を要求する。奥さんは「長いものでございますね」とさも感心したらしい返事をする。「この長い奴へツユを三分一つけて、一口に飲んでしまうんだね。噛んじゃいけない。噛んじゃ蕎麦の味がなくなる。つるつると咽喉を滑り込むところがねうちだよ」と思い切って箸を高く上げると蕎麦はようやくの事で地を離れた。左手に受ける茶碗の中へ、箸を少しずつ落して、尻尾の先からだんだんに浸すと、アーキミジスの理論によって、蕎麦の浸った分量だけツユの嵩が増してくる。ところが茶碗の中には元からツユが八分目這入っているから、迷亭の箸にかかった蕎麦の四半分も浸らない先に茶碗はツユで一杯になってしまった。迷亭の箸は茶碗を去る五寸の上に至ってぴたりと留まったきりしばらく動かない。動かないのも無理はない。少しでも卸せばツユが溢れるばかりである。迷亭もここに至って少しの体であったが、たちまち脱兎の勢を以て、口を箸の方へ持って行ったなと思う間もなく、つるつるちゅうと音がして咽喉笛が一二度上下へ無理に動いたら箸の先の蕎麦は消えてなくなっておった。見ると迷亭君の両眼から涙のようなものが一二滴眼尻から頬へ流れ出した。山葵が利いたものか、飲み込むのに骨が折れたものかこれはいまだに判然しない。「感心だなあ。よくそんなに一どきに飲み込めたものだ」と主人が敬服すると「御見事です事ねえ」と細君も迷亭の手際を激賞した。迷亭は何にも云わないで箸を置いて胸を二三度敲いたが「奥さん笊は大抵三口半か四口で食うんですね。それより手数を掛けちゃ旨く食えませんよ」とハンケチで口を拭いてちょっと一息入れている。

ところへ寒月君が、どう云う了見かこの暑いのに御苦労にも冬帽を被って両足を埃だらけにしてやってくる。「いや好男子の御入来だが、喰い掛けたものだからちょっと失敬しますよ」と迷亭君は衆人環坐の裏（うち）にあって臆面もなく残った蒸籠を平げる。今度は先刻のように目覚しい食方もしなかった代りに、ハンケチを使って、中途で息を入れると云う不体裁もなく、蒸籠二つを安々とやってのけたのは結構だった。

「寒月君博士論文はもう脱稿するのかね」と主人が聞くと迷亭もその後から「金田令嬢がお待ちかねだから早々呈出したまえ」と云う。寒月君は例のごとく薄気味の悪い笑を洩らして「罪ですからなるべく早く出して安心させてやりたいのですが、何しろ問題が問題で、よほど労力の入る研究を要するのですから」と本気の沙汰とも思われない事を本気の沙汰らしく云う。「そうさ問題が問題だから、そう鼻の言う通りにもならないね。もっともあの鼻なら充分鼻息をうかがうだけの価値はあるがね」と迷亭も寒月流な挨拶をする。比較的に真面目なのは主人である。「君の論文の問題は何とか云ったっけな」「蛙の眼球の電動作用に対する紫外光線の影響と云うのです」「そりゃ奇だね。さすがは寒月先生だ、蛙の眼球は振ってるよ。どうだろう苦沙弥君、論文脱稿前にその問題だけでも金田家へ報知しておいては」主人は迷亭の云う事には取り合わないで「君そんな事が骨の折れる研究かね」と寒月君に聞く。「ええ、なかなか複雑な問題です、第一蛙の眼球のレンズの構造がそんな単簡なものでありませんからね。それでいろいろ実験もしなくちゃなりませんがまず丸い硝子の球をこしらえてそれからやろうと思っています」「硝子の球なんかガラス屋へ行けば訳ないじゃないか」「どうして――どうして」と寒月先生少々反身になる。「元来円とか直線とか云うのは幾何学的のもので、あの定義に合ったような理想的な円や直線は現実世界にはないもんです」「ないもんなら、廃（よ）したらよかろう」と迷亭が口を出す。「それでまず実験上差し支えないくらいな球を作って見ようと思いましてね。せんだってからやり始めたのです」「出来たかい」と主人が訳のないようにきく。「出来るものですか」と寒月君が云ったが、これでは少々矛盾だと気が付いたと見えて「どうもむずかしいです。だんだん磨って少しこっち側の半径が長過ぎるからと思ってそっちを心持落すと、さあ大変今度は向側が長くなる。そいつを骨を折ってようやく磨り潰したかと思うと全体の形がいびつになるんです。やっとの思いでこのいびつを取るとまた直径に狂いが出来ます。始めは林檎ほどな大きさのものがだんだん小さくなって苺ほどになります。それでも根気よくやっていると大豆ほどになります。大豆ほどになってもまだ完全な円は出来ませんよ。私も随分熱心に磨りましたが——この正月からガラス玉を大小六個磨り潰しましたよ」

と嘘だか本当だか見当のつかぬところを喋々と述べる。「どこでそんなに磨っているんだい」「やっぱり学校の実験室です、朝磨り始めて、昼飯のときちょっと休んでそれから暗くなるまで磨るんですが、なかなか楽じゃありません」「それじゃ君が近頃忙がしい忙がしいと云って毎日日曜でも学校へ行くのはその珠を磨りに行くんだね」「全く目下のところは朝から晩まで珠ばかり磨っています」「珠作りの博士となって入り込みしは——と云うところだね。しかしその熱心を聞かせたら、いかな鼻でも少しはありがたがるだろう。実は先日僕がある用事があって図書館へ行って帰りに門を出ようとしたら偶然老梅（ろうばい）君に出逢ったのさ。あの男が卒業後図書館に足が向くとはよほど不思議な事だと思って感心に勉強するねと云ったら先生妙な顔をして、なに本を読みに来たんじゃない、今門前を通り掛ったらちょっと小用がしたくなったから拝借に立ち寄ったんだと云ったんで大笑をしたが、老梅君と君とは反対の好例として新撰蒙求（もうぎゅう）に是非入れたいよ」と迷亭君例のごとく長たらしい註釈をつける。主人は少し真面目になって「君そう毎日毎日珠ばかり磨ってるのもよかろうが、元来いつ頃出来上るつもりかね」と聞く。「まあこの容子じゃ十年くらいかかりそうです」と寒月君は主人より呑気に見受けられる。「十年じゃ――もう少し早く磨り上げたらよかろう」「十年じゃ早い方です、事によると廿年くらいかかります」「そいつは大変だ、それじゃ容易に博士にゃなれないじゃないか」「ええ一日も早くなって安心さしてやりたいのですがとにかく珠を磨り上げなくっちゃ肝心の実験が出来ませんから……」

寒月君はちょっと句を切って「何、そんなにご心配には及びませんよ。金田でも私の珠ばかり磨ってる事はよく承知しています。実は二三日前行った時にもよく事情を話して来ました」としたり顔に述べ立てる。すると今まで三人の談話を分らぬながら傾聴していた細君が「それでも金田さんは家族中残らず、先月から大磯へ行っていらっしゃるじゃありませんか」と不審そうに尋ねる。寒月君もこれには少し辟易の体であったが「そりゃ妙ですな、どうしたんだろう」ととぼけている。こう云う時に重宝なのは迷亭君で、話の途切れた時、極りの悪い時、眠くなった時、困った時、どんな時でも必ず横合から飛び出してくる。「先月大磯へ行ったものに両三日前東京で逢うなどは神秘的でい い。いわゆる霊の交換だね。相思の情の切な時に はよくそう云う現象が起るものだ。ちょっと聞く と夢のようだが、夢にしても現実よりたしかな夢 だ。奥さんのように別に思いも思われもしない苦 沙弥君の所へ片付いて生涯恋の何物たるを御解し にならん方には、御不審ももっともだが……」「あ ら何を証拠にそんな事をおっしゃるの。随分軽蔑 なさるのね」と細君は中途から不意に迷亭に切り付ける。「君だって恋煩いなんかした事はなさそうじゃないか」と主人も正面から細君に助太刀をする。「そりゃ僕の艶聞などは、いくら有ってもみんな七十五日以上経過しているから、君方の記憶には残っていないかも知れないが――実はこれでも失恋の結果、この歳になるまで独身で暮らしているんだよ」と一順列座の顔を公平に見廻わす。「ホホホホ面白い事」と云ったのは細君で、「馬鹿にしていらあ」と庭の方を向いたのは主人である。ただ寒月君だけは「どうかその懐旧談を後学のために伺いたいもので」と相変らずにやにやする。

「僕のも大分神秘的で、故小泉八雲先生に話したら非常に受けるのだが、惜しい事に先生は永眠されたから、実のところ話す張合もないんだが、せっかくだから打ち開けるよ。その代りしまいまで謹聴しなくっちゃいけないよ」と念を押していよいよ本文に取り掛る。「回顧すると今を去る事――ええと――何年前だったかな――面倒だからほぼ十五六年前としておこう」「冗談じゃない」と主人は鼻からフンと息をした。「大変物覚えが御悪いのね」と細君がひやかした。寒月君だけは約束を守って一言も云わずに、早くあとが聴きたいと云う風をする。「何でもある年の冬の事だが、僕が越後の国は蒲原郡（かんばらごおり）筍谷を通って、蛸壺峠へかかって、これからいよいよ会津領へ出ようとするところだ」「妙なところだな」と主人がまた邪魔をする。「だまって聴いていらっしゃいよ。

面白いから」と細君が制する。「ところが日は暮れる、路は分らず、腹は減る、仕方がないから峠の真中にある一軒屋を敲いて、これこれかようかようしかじかの次第だから、どうか留めてくれと云うと、御安い御用です、さあ御上がんなさいと裸蝋燭を僕の顔に差しつけた娘の顔を見て僕はぶるぶると悸（ふる）えたがね。僕はその時から恋と云う曲者の魔力を切実に自覚したね」「おやいやだ。そんな山の中にも美しい人があるんでしょうか」

「山だって海だって、奥さん、その娘を一目あなたに見せたいと思うくらいですよ、文金の高島田に髪を結いましてね」「へえー」と細君はあっけに取られている。「這入って見ると八畳の真中に大きな囲炉裏が切ってあって、その周りに娘と娘の爺さんと婆さんと僕と四人坐ったんですがね。さぞ御腹が御減りでしょうと云いますから、何でも善いから早く食わせ給えと請求したんです。すると爺さんがせっかくの御客さまだから蛇飯でも炊いて上げようと云うんです。さあこれからがいよいよ失恋に取り掛るところだからしっかりして聴きたまえ」「先生しっかりして聴く事は聴きますが、なんぼ越後の国だって冬、蛇がいやしますまい」「うん、そりゃ一応もっともな質問だよ。しかしこんな詩的な話しになるとそう理窟にばかり拘泥してはいられないからね。鏡花の小説にゃ雪の中から蟹が出てくるじゃないか」と云ったら寒月君は「なるほど」と云ったきりまた謹聴の態度に復した。

「その時分の僕は随分悪もの食いの隊長で、蝗、なめくじ、赤蛙などは食い厭きていたくらいなところだから、蛇飯は乙だ。早速御馳走になろうと爺さんに返事をした。そこで爺さん囲炉裏の上へ鍋をかけて、その中へ米を入れてぐずぐず煮出したものだね。不思議な事にはその鍋の蓋を見ると大小十個ばかりの穴があいている。その穴から湯気がぷうぷう吹くから、旨い工夫をしたものだ、田舎にしては感心だと見ていると、爺さんふと立って、どこかへ出て行ったがしばらくすると、大きな笊を小脇に抱い込んで帰って来た。何気なくこれを囲炉裏の傍へ置いたから、その中を覗いて見ると――いたね。長い奴が、寒いもんだから御互にとぐろの捲きくらをやって塊まっていましたね」「もうそんな御話しは廃しになさいよ。厭らしい」と細君は眉に八の字を寄せる。「どうしてこれが失恋の大源因になるんだからなかなか廃せませんや。爺さんはやがて左手に鍋の蓋をとって、右手に例の塊まった長い奴を無雑作につかまえて、いきなり鍋の中へ放り込んで、すぐ上から蓋をしたが、さすがの僕もその時ばかりははっと息の穴が塞ったかと思ったよ」「もう御やめになさいよ。気味の悪るい」と細君しきりに怖がっている。「もう少しで失恋になるからしばらく辛抱していらっしゃい。すると一分立つか立たないうちに蓋の穴から鎌首がひょいと一つ出ましたのには驚ろきましたよ。やあ出たなと思うと、隣の穴からもまたひょいと顔を出した。また出たよと云ううち、あちらからも出る。こちらからも出る。とうとう鍋中蛇の面だらけになってしまった」「なんで、そんなに首を出すんだい」「鍋の中が熱いから、苦しまぎれに這い出そうとするのさ。やがて爺さんは、もうよかろう、引っ張らっしとか何とか云うと、婆さんははあーと答える、娘はあいと挨拶をして、名々（めいめい）に蛇の頭を持ってぐいと引く。肉は鍋の中に残るが、骨だけは奇麗に離れて、頭を引くと共に長いのが面白いように抜け出してくる」「蛇の骨抜きですね」と寒月君が笑いながら聞くと「全くの事骨抜だ、器用な事をやるじゃないか。それから蓋を取って、杓子でもって飯と肉を矢鱈に掻き交ぜて、さあ召し上がれと来た」「食ったのかい」と主人が冷淡に尋ねると、細君は苦い顔をして「もう廃しになさいよ、胸が悪るくって御飯も何もたべられやしない」と愚痴をこぼす。「奥さんは蛇飯を召し上がらんから、そんな事をおっしゃるが、まあ一遍たべてご覧なさい、あの味ばかりは生涯忘れられませんぜ」「おお、いやだ、誰が食べるもんですか」「そこで充分御饌（ごぜん）も頂戴し、寒さも忘れるし、娘の顔も遠慮なく見るし、もう思いおく事はないと考えていると、御休みなさいましと云うので、旅の労（つかれ）れもある事だから、仰に従って、ごろりと横になると、すまん訳だが前後を忘却して寝てしまった」「それからどうなさいました」と今度は細君の方から催促する。「それから明朝になって眼を覚してからが失恋でさあ」「どうかなさったんですか」「いえ別にどうもしやしませんがね。朝起きて巻煙草をふかしながら裏の窓から見ていると、向うの筧の傍で、薬缶頭が顔を洗っているんでさあ」「爺さんか婆さんか」と主人が聞く。「それがさ、僕にも識別しにくかったから、しばらく拝見していて、その薬缶がこちらを向く段になって驚ろいたね。それが僕の初恋をした昨夜の娘なんだもの」「だって娘は島田に結っているとさっき云ったじゃないか」「前夜は島田さ、しかも見事な島田さ。ところが翌朝は丸薬缶さ」「人を馬鹿にしていらあ」と主人は例によって天井の方へ視線をそらす。「僕も不思議の極（きょく）内心少々怖くなったから、なお余所ながら容子を窺っていると、薬缶はようやく顔を洗い了（おわ）って、傍（かた）えの石の上に置いてあった高島田の髷を無雑作に被って、すましてうちへ這入ったんでなるほどと思った。なるほどとは思ったようなもののその時から、とうとう失恋の果敢(はか)なき運命をかこつ身となってしまった」「くだらない失恋もあったもんだ。ねえ、寒月君、それだから、失恋でも、こんなに陽気で元気がいいんだよ」と主人が寒月君に向って迷亭君の失恋を評すると、寒月君は「しかしその娘が丸薬缶でなくってめでたく東京へでも連れて御帰りになったら、先生はなお元気かも知れませんよ、とにかくせっかくの娘が禿であったのは千秋の恨事ですねえ。それにしても、そんな若い女がどうして、毛が抜けてしまったんでしょう」「僕もそれについてはだんだん考えたんだが全く蛇飯を食い過ぎたせいに相違ないと思う。蛇飯てえ奴はのぼせるからね」「しかしあなたは、どこも何ともなくて結構でございましたね」「僕は禿にはならずにすんだが、その代りにこの通りその時から近眼になりました」と金縁の眼鏡をとってハンケチで叮嚀に拭いている。しばらくして主人は思い出したように「全体どこが神秘的なんだい」と念のために聞いて見る。「あの髪はどこで買ったのか、拾ったのかどう考えても未だに分らないからそこが神秘さ」と迷亭君はまた眼鏡を元のごとく鼻の上へかける。「まるで噺し家の話を聞くようでござんすね」とは細君の批評であった。

迷亭の駄弁もこれで一段落を告げたから、もうやめるかと思いのほか、先生は猿轡でも嵌められないうちは到底黙っている事が出来ぬ性と見えて、また次のような事をしゃべり出した。

「僕の失恋も苦い経験だが、あの時あの薬缶を知らずに貰ったが最後生涯の目障りになるんだから、よく考えないと険呑だよ。結婚なんかは、いざと云う間際になって、飛んだところに傷口が隠れているのを見出す事がある者だから。寒月君などもそんなに憧憬したり惝怳（しょうきょう）したり独りでむずかしがらないで、篤と気を落ちつけて珠を磨るがいいよ」といやに異見めいた事を述べると、寒月君は「ええなるべく珠ばかり磨っていたいんですが、向うでそうさせないんだから弱り切ります」とわざと辟易したような顔付をする。「そうさ、君などは先方が騒ぎ立てるんだが、中には滑稽なのがあるよ。あの図書館へ小便をしに来た老梅君などになるとすこぶる奇だからね」「どんな事をしたんだい」と主人が調子づいて承わる。「なあに、こう云う訳さ。先生その昔静岡の東西館へ泊った事があるのさ。――たった一と晩だぜ――

それでその晩すぐにそこの下女に結婚を申し込んだのさ。僕も随分呑気だが、まだあれほどには進化しない。もっともその時分には、あの宿屋に御夏さんと云う有名な別嬪がいて老梅君の座敷へ出たのがちょうどその御夏さんなのだから無理はないがね」「無理がないどころか君の何とか峠とまるで同じじゃないか」「少し似ているね、実を云うと僕と老梅とはそんなに差異はないからな。とにかく、その御夏さんに結婚を申し込んで、まだ返事を聞かないうちに水瓜（すいか）が食いたくなったんだがね」「何だって？」と主人が不思議な顔をする。主人ばかりではない、細君も寒月も申し合せたように首をひねってちょっと考えて見る。迷亭は構わずどんどん話を進行させる。「御夏さんを呼んで静岡に水瓜はあるまいかと聞くと、御夏さんが、なんぼ静岡だって水瓜くらいはありますよと、御盆に水瓜を山盛りにして持ってくる。そこで老梅君食ったそうだ。山盛りの水瓜をことごとく平らげて、御夏さんの返事を待っていると、返事の来ないうちに腹が痛み出してね、うーんうーんと唸ったが少しも利目がないからまた御夏さんを呼んで今度は静岡に医者はあるまいかと聞いたら、御夏さんがまた、なんぼ静岡だって医者くらいはありますよと云って、天地玄黄（げんこう）とかいう千字文を盗んだような名前のドクトルを連れて来た。翌朝になって、腹の痛みも御蔭でとれてありがたいと、出立する十五分前に御夏さんを呼んで、昨日申し込んだ結婚事件の諾否を尋ねると、御夏さんは笑いながら静岡には水瓜もあります、御医者もありますが一夜作りの御嫁はありませんよと出て行ったきり顔を見せなかったそうだ。それから老梅君も僕同様失恋になって、図書館へは小便をするほか来なくなったんだって、考えると女は罪な者だよ」と云うと主人がいつになく引き受けて「本当にそうだ。せんだってミュッセの脚本を読んだらそのうちの人物が羅馬（ローマ）の詩人を引用してこんな事を云っていた。——羽より軽い者は塵である。塵より軽いものは風である。風より軽い者は女である。女より軽いものは無である。——よく穿ってるだろう。女なんか仕方がない」と妙なところで力味（りき）んで見せる。これを承った細君は承知しない。「女の軽いのがいけないとおっしゃるけれども、男の重いんだって好い事はないでしょう」「重いた、どんな事だ」「重いと云うな重い事ですわ、あなたのようなのです」「俺がなんで重い」「重いじゃありませんか」と妙な議論が始まる。迷亭は面白そうに聞いていたが、やがて口を開いて「そう赤くなって互に弁難攻撃をするところが夫婦の真相と云うものかな。どうも昔の夫婦なんてものはまるで無意味なものだったに違いない」とひやかすのだか賞（ほ）めるのだか曖昧な事を言ったが、それでやめておいても好い事をまた例の調子で布衍（ふえん）して、下のごとく述べられた。

「昔は亭主に口返答なんかした女は、一人もなかったんだって云うが、それなら唖（おし）を女房にしていると同じ事で僕などは一向ありがたくない。やっぱり奥さんのようにあなたは重いじゃありませんかとか何とか云われて見たいね。同じ女房を持つくらいなら、たまには喧嘩の一つ二つしなくっちゃ退屈でしようがないからな。僕の母などと来たら、おやじの前へ出てはいとへいで持ち切っていたものだ。そうして二十年もいっしょになっているうちに寺参りよりほかに外へ出た事がないと云うんだから情けないじゃないか。もっとも御蔭で先祖代々の戒名はことごとく暗記している。男女間の交際だってそうさ、僕の小供の時分などは寒月君のように意中の人と合奏をしたり、霊の交換をやって朦朧体で出合って見たりする事は到底出来なかった」「御気の毒様で」と寒月君が頭を下げる。「実に御気の毒さ。しかもその時分の女が必ずしも今の女より品行がいいと限らんからね。奥さん近頃は女学生が堕落したの何だのとやかましく云いますがね。なに昔はこれより烈しかったんですよ」「そうでしょうか」と細君は真面目である。「そうですとも、出鱈目じゃない、ちゃんと証拠があるから仕方がありませんや。苦沙弥君、君も覚えているかも知れんが僕等の五六歳の時までは女の子を唐茄子のように籠へ入れて天秤棒で担いで売ってあるいたもんだ、ねえ君」「僕はそんな事は覚えておらん」「君の国じゃどうだか知らないが、静岡じゃたしかにそうだった」「まさか」と細君が小さい声を出すと、「本当ですか」と寒月君が本当らしからぬ様子で聞く。

「本当さ。現に僕のおやじが価を付けた事がある。その時僕は何でも六つくらいだったろう。おやじといっしょに油町から通町へ散歩に出ると、向うから大きな声をして女の子はよしかな、女の子はよしかなと怒鳴ってくる。僕等がちょうど二丁目の角へ来ると、伊勢源と云う呉服屋の前でその男に出っ食わした。伊勢源と云うのは間口が十間で蔵が五つ戸前（とまえ）あって静岡第一の呉服屋だ。今度行ったら見て来給え。今でも歴然と残っている。立派なうちだ。その番頭が甚兵衛と云ってね。いつでも御袋が三日前に亡くなりましたと云うような顔をして帳場の所へ控えている。甚兵衛君の隣りには初さんという二十四五の若い衆が坐っているが、この初さんがまた雲照律師に帰依して三七二十一日の間蕎麦湯だけで通したと云うような青い顔をしている。初さんの隣りが長どんでこれは昨日火事で焚(や)き出されたかのごとく愁然と算盤に身を凭している。長どんと併(なら)んで……」「君は呉服屋の話をするのか、人売りの話をするのか」「そうそう人売りの話しをやっていたんだっけ。実はこの伊勢源についてもすこぶる奇譚があるんだが、それは割愛して今日は人売りだけにしておこう」「人売りもついでにやめるがいい」「どうしてこれが二十世紀の今日と明治初年頃の女子の品性の比較について大なる参考になる材料だから、そんなに容易（たやす）くやめられるものか——それで僕がおやじと伊勢源の前までくると、例の人売りがおやじを見て旦那女の子の仕舞物はどうです、安く負けておくから買っておくんなさいと云いながら天秤棒をおろして汗を拭いているのさ。見ると籠の中には前に一人後ろに一人両方とも二歳ばかりの女の子が入れてある。おやじはこの男に向って安ければ買ってもいいが、もうこれぎりかいと聞くと、へえ生憎今日はみんな売り尽してたった二つになっちまいました。どっちでも好いから取っとくんなさいなと女の子を両手で持って唐茄子か何ぞのようにおやじの鼻の先へ出すと、おやじはぽんぽんと頭を叩いて見て、ははあかなりな音だと云った。それからいよいよ談判が始まって散々値切った末おやじが、買っても好いが品はたしかだろうなと聞くと、ええ前の奴は始終見ているから間違はありませんがね後ろに担いでる方は、何しろ眼がないんですから、ことによるとひびが入ってるかも知れません。こいつの方なら受け合えない代りに価段を引いておきますと云った。僕はこの問答を未だに記憶しているんだがその時小供心に女と云うものはなるほど油断のならないものだと思ったよ。――しかし明治三十八年の今日こんな馬鹿な真似をして女の子を売ってあるくものもなし、眼を放して後ろへ担いだ方は険呑だなどと云う事も聞かないようだ。

だから、僕の考ではやはり泰西文明の御蔭で女の品行もよほど進歩したものだろうと断定するのだが、どうだろう寒月君」

寒月君は返事をする前にまず鷹揚な咳払を一つして見せたが、それからわざと落ちついた低い声で、こんな観察を述べられた。「この頃の女は学校の行き帰りや、合奏会や、慈善会や、園遊会で、ちょいと買って頂戴な、あらおいや？　などと自分で自分を売りにあるいていますから、そんな八百屋のお余りを雇って、女の子はよしか、なんて下品な依托（いたく）販売をやる必要はないですよ。人間に独立心が発達してくると自然こんな風になるものです。老人なんぞはいらぬ取越苦労をして何とかかとか云いますが、実際を云うとこれが文明の趨勢ですから、私などは大（おおい）に喜ばしい現象だと、ひそかに慶賀の意を表しているのです。買う方だって頭を敲いて品物は確かかなんて聞くような野暮は一人もいないんですからその辺は安心なものでさあ。またこの複雑な世の中に、そんな手数をする日にゃあ、際限がありませんからね。五十になったって六十になったって亭主を持つ事も嫁に行く事も出来やしません」寒月君は二十世紀の青年だけあって、大に当世流の考を開陳しておいて、敷島の煙をふうーと迷亭先生の顔の方へ吹き付けた。迷亭は敷島の煙くらいで辟易する男ではない。「仰せの通り方今（ほうこん）の女生徒、令嬢などは自尊自信の念から骨も肉も皮まで出来ていて、何でも男子に負けないところが敬服の至りだ。僕の近所の女学校の生徒なども来たらえらいものだぜ。筒袖を穿いて鉄棒へぶら下がるから感心だ。僕は二階の窓から彼等の体操を目撃するたんびに古代希臘の婦人を追懐するよ」「また希臘か」と主人が冷笑するように云い放つと「どうも美な感じのするものは大抵希臘から源を発しているから仕方がない。美学者と希臘とは到底離れられないやね。――ことにあの色の黒い女学生が一心不乱に体操をしているところを拝見すると、僕はいつでも Agnodice の逸話を思い出すのさ」と物知り顔にしゃべり立てる。「またむずかしい名前が出て来ましたね」と寒月君は依然としてにやにやする。「Agnodice はえらい女だよ、僕は実に感心したね。当時亜典（アテン）の法律で女が産婆を営業する事を禁じてあった。不便な事さ。Agnodice だってその不便を感ずるだろうじゃないか」「何だい、その――何とか云うのは」「女さ、女の名前だよ。この女がつらつら考えるには、どうも女が産婆になれないのは情けない、不便極まる。どうかして産婆になりたいもんだ、産婆になる工夫はあるまいかと三日三晩手を拱いて考え込んだね。ちょうど三日目の暁方に、隣の家で赤ん坊がおぎゃあと泣いた声を聞いて、うんそうだと豁然大悟して、それから早速長い髪を切って男の着物をきて Hierophilus の講義をききに行った。首尾よく講義をきき終（おお）せて、もう大丈夫と云うところでもって、いよいよ産婆を開業した。ところが、奥さん流行りましたね。あちらでもおぎゃあと生れるこちらでもおぎゃあと生れる。それがみんな Agnodice の世話なんだから大変儲かった。ところが人間万事塞翁の馬、七転び八起き、弱り目に祟り目で、ついこの秘密が露見に及んでついに御上の御法度を破ったと云うところで、重き御仕置に仰せつけられそうになりました」「まるで講釈見たようです事」「なかなか旨いでしょう。ところが亜典の女連が一同連署して嘆願に及んだから、時の御奉行もそう木で鼻を括ったような挨拶も出来ず、ついに当人は無罪放免、これからはたとい女たりとも産婆営業勝手たるべき事と云う御布令（おふれ）さえ出てめでたく落着を告げました」「よくいろいろな事を知っていらっしゃるのね、感心ねえ」「ええ大概の事は知っていますよ。知らないのは自分の馬鹿な事くらいなものです。しかしそれも薄々は知ってます」「ホホホホ面白い事ばかり……」と細君相形（そうごう）を崩して笑っていると、格子戸のベルが相変らず着けた時と同じような音を出して鳴る。「おやまた御客様だ」と細君は茶の間へ引き下がる。細君と入れ違いに座敷へ這入って来たものは誰かと思ったらご存じの越智東風君であった。

ここへ東風君さえくれば、主人の家へ出入する変人はことごとく網羅し尽したとまで行かずとも、少なくとも吾輩の無聊を慰むるに足るほどの頭数は御揃になったと云わねばならぬ。これで不足を云っては勿体ない。運悪るくほかの家へ飼われたが最後、生涯人間中にかかる先生方が一人でもあろうとさえ気が付かずに死んでしまうかも知れない。幸にして苦沙弥先生門下の猫児（びょうじ）となって朝夕虎皮（こひ）の前に侍べるので先生は無論の事迷亭、寒月乃至東風などと云う広い東京にさえあまり例のない一騎当千の豪傑連の挙止動作を寝ながら拝見するのは吾輩にとって千載一遇の光栄である。御蔭様でこの暑いのに毛袋でつつまれていると云う難儀も忘れて、面白く半日を消光する事が出来るのは感謝の至りである。どうせこれだけ集まれば只事ではすまない。何か持ち上がるだろうと襖の陰から謹んで拝見する。

「どうもご無沙汰を致しました。しばらく」と御辞儀をする東風君の顔を見ると、先日のごとくやはり奇麗に光っている。頭だけで評すると何か緞帳役者のようにも見えるが、白い小倉の袴のゴワゴワするのを御苦労にも鹿爪らしく穿いているところは榊原健吉の内弟子としか思えない。従って東風君の身体で普通の人間らしいところは肩から腰までの間だけである。「いや暑いのに、よく御出掛だね。さあずっと、こっちへ通りたまえ」と迷亭先生は自分の家らしい挨拶をする。「先生には大分久しく御目にかかりません」「そうさ、たしかこの春の朗読会ぎりだったね。朗読会と云えば近頃はやはり御盛かね。その後御宮にゃなりませんか。あれは旨かったよ。僕は大に拍手したぜ、君気が付いてたかい」「ええ御蔭で大きに勇気が出まして、とうとうしまいまで漕ぎつけました」「今度はいつ御催しがありますか」と主人が口を出す。「七八両月は休んで九月には何か賑やかにやりたいと思っております。何か面白い趣向はございますまいか」「さよう」と主人が気のない返事をする。「東風君僕の創作を一つやらないか」と今度は寒月君が相手になる。「君の創作なら面白いものだろうが、一体何かね」「脚本さ」と寒月君がなるべく押しを強く出ると、案のごとく、三人はちょっと毒気をぬかれて、申し合せたように本人の顔を見る。「脚本はえらい。喜劇かい悲劇かい」と東風君が歩を進めると、寒月先生なお澄し返って「なに喜劇でも悲劇でもないさ。近頃は旧劇とか新劇とか大部やかましいから、僕も一つ新機軸を出して俳劇と云うのを作って見たのさ」「俳劇たどんなものだい」「俳句趣味の劇と云うのを詰めて俳劇の二字にしたのさ」と云うと主人も迷亭も多少煙に捲かれて控えている。「それでその趣向と云うのは？」と聞き出したのはやはり東風君である。「根が俳句趣味からくるのだから、あまり長たらしくって、毒悪なのはよくないと思って一幕物にしておいた」「なるほど」「まず道具立てから話すが、これも極簡単なのがいい。舞台の真中へ大きな柳を一本植え付けてね。それからその柳の幹から一本の枝を右の方へヌッと出させて、その枝へ烏を一羽とまらせる」「鳥がじっとしていればいいが」と主人が独り言のように心配した。「何わけは有りません、鳥の足を糸で枝へ縛り付けておくんです。でその下へ行水盥を出しましてね。美人が横向きになって手拭を使っているんです」「そいつは少しデカダンだね。第一誰がその女になるんだい」と迷亭が聞く。「何これもすぐ出来ます。美術学校のモデルを雇ってくるんです」「そりゃ警視庁がやかましく云いそうだな」と主人はまた心配している。「だって興行さえしなければ構わんじゃありませんか。そんな事をとやかく云った日にゃ学校で裸体画の写生なんざ出来っこありません」「しかしあれは稽古のためだから、ただ見ているのとは少し違うよ」「先生方がそんな事を云った日には日本もまだ駄目です。絵画だって、演劇だって、おんなじ芸術です」と寒月君大いに気焔を吹く。「まあ議論はいいが、それからどうするのだい」と東風君、ことによると、やる了見と見えて筋を聞きたがる。「ところへ花道から俳人高浜虚子がステッキを持って、白い灯心入りの帽子を被って、透綾の羽織に、薩摩飛白（がすり）の尻端折りの半靴と云うこしらえで出てくる。着付けは陸軍の御用達見たようだけれども俳人だからなるべく悠々として腹の中では句案に余念のない体であるかなくっちゃいけない。それで虚子が花道を行き切っていよいよ本舞台に懸った時、ふと句案の眼をあげて前面を見ると、大きな柳があって、柳の影で白い女が湯を浴びている、はっと思って上を見ると長い柳の枝に烏が一羽とまって女の行水を見下ろしている。そこで虚子先生大に俳味に感動したと云う思い入れが五十秒ばかりあって、行水の女に惚れる烏かなと大きな声で一句朗吟するのを合図に、拍子木を入れて幕を引く。――どうだろう、こう云う趣向は。御気に入りませんかね。君御宮になるより虚子になる方がよほどいいぜ」東風君は何だか物足らぬと云う顔付で「あんまり、あっけないようだ。もう少し人情を加味した事件が欲しいようだ」と真面目に答える。今まで比較的おとなしくしていた迷亭はそういつまでもだまっているような男ではない。「たったそれだけで俳劇はすさまじいね。上田敏君の説によると俳味とか滑稽とか云うものは消極的で亡国の音（いん）だそうだが、敏君だけあってうまい事を云ったよ。そんなつまらない物をやって見給え。それこそ上田君から笑われるばかりだ。第一劇だか茶番だか何だかあまり消極的で分らないじゃないか。失礼だが寒月君はやはり実験室で珠を磨いてる方がいい。俳劇なんぞ百作ったって二百作ったって、亡国の音じゃ駄目だ」寒月君は少々憤(むっ)として、「そんなに消極的でしょうか。私はなかなか積極的なつもりなんですが」どっちでも構わん事を弁解しかける。「虚子がですね。虚子先生が女に惚れる鳥かなと鳥を捕えて女に惚れさしたところが大に積極的だろうと思います」「こりゃ新説だね。是非御講釈を伺がいましょう」「理学士として考えて見ると烏が女に惚れるなどと云うのは不合理でしょう」「ごもっとも」「その不合理な事を無雑作に言い放って少しも無理に聞えません」「そうかしら」と主人が疑った調子で割り込んだが寒月は一向頓着しない。「なぜ無理に聞えないかと云うと、これは心理的に説明するとよく分ります。実を云うと惚れるとか惚れないとか云うのは俳人その人に存する感情で烏とは没交渉の沙汰であります。しかるところあの鳥は惚れてるなと感じるのは、つまり鳥がどうのこうのと云う訳じゃない、必竟(ひっきょう)自分が惚れているんでさあ。虚子自身が美しい女の行水しているところを見てはっと思う途端にずっと惚れ込んだに相違ないです。さあ自分が惚れた眼で鳥が枝の上で動きもしないで下を見つめているのを見たものだから、はあ、あいつも俺と同じく参ってるなと癇違いをしたのです。癇違いには相違ないですがそこが文学的でかつ積極的なところなんです。自分だけ感じた事を、断りもなく鳥の上に拡張して知らん顔をしてすましているところなんぞは、よほど積極主義じゃありませんか。どうです先生」「なるほど御名論だね、虚子に聞かしたら驚くに違いない。説明だけは積極だが、実際あの劇をやられた日には、見物人はたしかに消極になるよ。ねえ東風君」「へえどうも消極過ぎるように思います」と真面目な顔をして答えた。

主人は少々談話の局面を展開して見たくなったと見えて、「どうです、東風さん、近頃は傑作もありませんか」と聞くと東風君は「いえ、別段これと云って御目にかけるほどのものも出来ませんが、近日詩集を出して見ようと思いまして――稿本を幸い持って参りましたから御批評を願いましょう」と懐から紫の袱紗包を出して、その中から五六十枚ほどの原稿紙の帳面を取り出して、主人の前に置く。主人はもっともらしい顔をして拝見

と云って見ると第一頁に

世の人に似ずあえかに見え給う

富子嬢に捧ぐ

と二行にかいてある。主人はちょっと神秘的な顔をしてしばらく一頁を無言のまま眺めているので、迷亭は横合から「何だい新体詩かね」と云いながら覗き込んで「やあ、捧げたね。東風君、思い切って富子嬢に捧げたのはえらい」としきりに賞める。主人はなお不思議そうに「東風さん、この富子と云うのは本当に存在している婦人なのですか」と聞く。「へえ、この前迷亭先生とごいっしょに朗読会へ招待した婦人の一人です。ついこの御近所に住んでおります。実はただ今詩集を見せようと思ってちょっと寄って参りましたが、生憎先月から大磯へ避暑に行って留守でした」と真面目くさって述べる。「苦沙弥君、これが二十世紀なんだよ。そんな顔をしないで、早く傑作でも朗読するさ。しかし東風君この捧げ方は少しまずかったね。このあえかにと云う雅言は全体何と言う意味だと思ってるかね」「蚊弱いとかたよわくと云う字だと思います」「なるほどそうも取れん事はないが本来の字義を云うと危う気にと云う事だぜ。だから僕ならこうは書かないね」「どう書いたらもっと詩的になりましょう」「僕ならこうさ。世の人に似ずあえかに見え給う富子嬢の鼻の下に捧ぐとするね。わずかに三字のゆきさつだが鼻の下があるのとないのとでは大変感じに相違があるよ」「なるほど」と東風君は解しかねたところを無理に納得した体にもてなす。

主人は無言のままようやく一頁をはぐっていよいよ巻頭第一章を読み出す。

倦(う)んじて薫(くん)ずる香裏(こうり)に君の
霊か相思の煙のたなびき
おお我、ああ我、辛(から)きこの世に
あまく得てしか熱き口づけ

「これは少々僕には解しかねる」と主人は嘆息し

ながら迷亭に渡す。「これは少々振い過ぎてる」と迷亭は寒月に渡す。寒月は「なあるほど」と云って東風君に返す。

「先生御分りにならんのはごもっともで、十年前の詩界と今日の詩界とは見違えるほど発達しておりますから。この頃の詩は寝転んで読んだり、停車場で読んではとうてい到底分りようがないので、作った本人ですら質問を受けると返答に窮する事がよくあります。全くインスピレーションで書くので詩人はその他には何等の責任もないのです。註釈や訓義は学究のやる事で私共の方では頓と構いません。せんだってても私の友人で送籍（そうせき）と云う男が一夜という短篇をかきましたが、誰が読んでも朦朧として取り留めがつかないので、当人に逢って篤と主意のあるところを糺して見たのですが、当人もそんな事は知らないよと云って取り合わないのです。全くその辺が詩人の特色かと思います」「詩人かも知れないが随分妙な男ですね」

と主人が云うと、迷亭が「馬鹿だよ」と単簡に送籍君を打ち留めた。東風君はこれだけではまだ弁じ足りない。「送籍は吾々仲間のうちでも取除（とりの）けですが、私の詩もどうか心持ちその気で読んでいただきたいので。ことに御注意を願いたいのはからきこの世と、あまき口づけと対をとったところが私の苦心です」「よほど苦心をなすった痕迹（こんせき）が見えます」「あまいとからいと反照するところなんか十七味調唐辛子調で面白い。全く東風君独特の伎倆で敬々服々の至りだ」としきりに正直な人をまぜ返して喜んでいる。

主人は何と思ったか、ふいと立って書斎の方へ行ったがやがて一枚の半紙を持って出てくる。「東風君の御作も拝見したから、今度は僕が短文を読んで諸君の御批評を願おう」といささか本気の沙汰である。「天然居士の墓碑銘ならもう二三遍拝聴したよ」「まあ、だまっていなさい。東風さん、これは決して得意のものではありませんが、ほんの座興ですから聴いて下さい」「是非伺がいましょう」「寒月君もついでに聞き給え」「ついでてなくても聴きますすよ。長い物じゃないでしょう」「僅々六十余字さ」と苦沙弥先生いよいよ手製の名文を読み始める。

「大和魂！　と叫んで日本人が肺病やみのような咳をした」

「起し得て突兀（とっこつ）ですね」と寒月君がほめる。

「大和魂！　と新聞屋が云う。大和魂！　と掏摸（すり）が云う。大和魂が一躍して海を渡った。英国で大和魂の演説をする。独逸（ドイツ）で大和魂の芝居をする」

「なるほどこりゃ天然居士以上の作だ」と今度は迷亭先生がそり返って見せる。

「東郷大将が大和魂を有（も）っている。肴屋の銀さんも大和魂を有っている。詐偽師、山師、人殺しも大和魂を有っている」

「先生そこへ寒月も有っているとつけて下さい」

「大和魂はどんなものかと聞いたら、大和魂さと答えて行き過ぎた。五六間行ってからエヘンと云う声が聞こえた」

「その一句は大出来だ。君はなかなか文才があるね。それから次の句は」

「三角なものが大和魂か、四角なものが大和魂か。大和魂は名前の示すごとく魂である。魂であるから常にふらふらしている」

「先生だいぶ面白うございますが、ちと大和魂が多過ぎはしませんか」と東風君が注意する。「賛成」と云ったのは無論迷亭である。

「誰も口にせぬ者はないが、誰も見たものはない。誰も聞いた事はあるが、誰も遇（あ）った者がない。大和魂はそれ天狗の類か」

主人は一結杳然（いっけつようぜん）と云うつもりで読み終ったが、さすがの名文もあまり短か過ぎるのと、主意がどこにあるのか分りかねるので、三人はまだあとがある事と思って待っている。いくら待っていても、うんとも、すんとも、云わないので、最後に寒月が「それぎりですか」と聞くと主人は軽く「うん」と答えた。うんは少し気楽過ぎる。

不思議な事に迷亭はこの名文に対して、いつものようにあまり駄弁を振わなかったが、やがて向き直って、「君も短篇を集めて一巻として、そうして誰かに捧げてはどうだ」と聞いた。主人は事もなげに「君に捧げてやろうか」と聴くと迷亭は「真平だ」と答えたぎり、先刻細君に見せびらかした鋏をちょきちょき云わして爪をとっている。寒月君は東風君に向って「君はあの金田の令嬢を知ってるのかい」と尋ねる。「この春朗読会へ招待してから、懇意になってそれからは始終交際をしている。僕はあの令嬢の前へ出ると、何となく一種の感に打たれて、当分のうちは詩を作っても歌を詠んでも愉快に興が乗って出て来る。この集中にも恋の詩が多いのは全くああ云う異性の朋友からインスピレーションを受けるからだろうと思う。それで僕はあの令嬢に対しては切実に感謝の意を表しなければならんからこの機を利用して、わが集を捧げる事にしたのさ。昔しから婦人に親友のないもので立派な詩をかいたものはないそうだ」「そうかなあ」と寒月君は顔の奥で笑いながら答えた。いくら駄弁家の寄合でもそう長くは続かんものと見えて、談話の火の手は大分下火になった。吾輩も彼等の変化なき雑談を終日聞かねばならぬ義務もないから、失敬して庭へ蟷螂を探しに出た。梧桐（あおぎり）の緑を綴る間から西に傾く日が斑らに洩れて、幹にはつくつく法師が懸命にないている。晩はことによると一雨かかるかも知れない。

# 七

吾輩は近頃運動を始めた。猫の癖に運動なんて利いた風だと一概に冷罵（れいば）し去る手合にちょっと申し聞けるが、そう云う人間だってつい近年までは運動の何者たるを解せずに、食って寝るのを天職のように心得ていたではないか。無事是貴人（これきにん）とか称えて、懐手をして座布団から腐れかかった尻を離さざるをもって旦那の名誉と脂下って暮したのは覚えているはずだ。運動をしろの、牛乳を飲めの冷水を浴びろの、海の中へ飛び込めの、夏になったら山の中へ籠って当分霞を食えのとくだらぬ注文を連発するようになったのは、西洋から神国へ伝染した輓近（ばんきん）の病気で、やはりペスト、肺病、神経衰弱の一族と心得ていいくらいだ。もっとも吾輩は去年生れたばかりで、当年とって一歳だから人間がこんな病気に罹り出した当時の有様は記憶に存しておらん、のみならずその砌りは浮世の風中にふわついておらなかったに相違ないが、猫の一年は人間の十年に懸け合うと云ってもよろしい。吾等の寿命は人間より二倍も三倍も短いに係らず、その短日月の間に猫一疋（ぴき）の発達は十分仕るところをもって推論すると、人間の年月と猫の星霜を同じ割合に打算するのははなはだしき誤謬（ごびゅう）である。第一、一歳何ヵ月に足らぬ吾輩がこのくらいの見識を有しているのでも分るだろう。主人の第三女などは数え年で三つだそうだが、智識の発達から云うと、いやはや鈍いものだ。泣く事と、寝小便をする事と、おっぱいを飲む事よりほかに何にも知らない。世を憂い時を憤る吾輩などに較べると、からたわいのない者だ。それだから吾輩が運動、海水浴、転地療養の歴史を方寸のうちに畳み込んでいたって毫も驚くに足りない。これしきの事をもし驚ろく者があったなら、それは人間と云う足の二本足りない野呂間（のろま）に極っている。人間は昔から野呂間である。であるから近頃に至って漸々（ようよう）運動の功能を吹聴したり、海水浴の利益を喋々して大発明のように考えるのである。吾輩などは生れない前からそのくらいな事はちゃんと心得ている。第一海水がなぜ薬になるかと云えばちょっと海岸へ行けばすぐ分る事じゃないか。あんな広い所に魚が何疋おるか分らないが、あの魚が一疋も病気をして医者にかかった試しがない。みんな健全に泳いでいる。病気をすれば、からだが利かなくなる。死ねば必ず浮く。それだから魚の往生をあがると云って、鳥の薨去（こうきょ）を、落ちると唱え、人間の寂滅をごねると号している。洋行をして印度洋を横断した人に君、魚の死ぬところを見た事がありますかと聞いて見るがいい、誰でもいいえと答えるに極っている。それはそう答える訳だ。いくら往復したって一匹も波の上に今呼吸（いき）を引き取った――呼吸ではいかん、魚の事だから潮を引き取ったと云わなければならん――潮を引き取って浮いているのを見た者はないからだ。あの渺々（びょうびょう）たる、あの漫々たる、大海を日となく夜となく続けざまに石炭を焚いて探がしてあるいても古往今来（こんらい）一匹も魚が上がっておらんところをもって推論すれば、魚はよほど丈夫なものに違ないと云う断案はすぐに下す事が出来る。それならなぜ魚がそんなに丈夫なのかと云えばこれまた人間を待ってしかる後に知らざるなりで、訳はない。すぐ分る。全く潮水を呑んで始終海水浴をやっているからだ。海水浴の功能はしかく魚に取って顕著である。魚に取って顕著である以上は人間に取っても顕著でなくてはならん。一七五〇年にドクトル・リチャード・ラッセルがブライトンの海水に飛込めば四百四病即席全快と大袈裟な広告を出したのは遅い遅いと笑ってもよろしい。猫といえども相当の時機が到着すれば、みんな鎌倉あたりへ出掛けるつもりでいる。但し今はいけない。物には時機がある。御維新前の日本人が海水浴の功能を味わう事が出来ずに死んだごとく、今日の猫はいまだ裸体で海の中へ飛び込むべき機会に遭遇しておらん。せいては事を仕損んずる、今日のように築地（つきじ）へ打っちゃられに行った猫が無事に帰宅せん間は無暗に飛び込む訳には行かん。進化の法則で吾等猫輩の機能が狂瀾怒濤に対して適当の抵抗力を生ずるに至るまでは――換言すれば猫が死んだと云う代りに猫が上がったと云う語が一般に使用せらるるまでは――容易に海水浴は出来ん。

海水浴は追って実行する事にして、運動だけは取りあえずやる事に取り極(き)めた。どうも二十世紀の今日運動せんのはいかにも貧民のようで人聞きがわるい。運動をせんと、運動せんのではない。運動が出来んのである、運動をする時間がないのである、余裕がないのだと鑑定される。昔は運動したものが折助と笑われたごとく、今では運動をせぬ者が下等と見做されている。吾人の評価は時と場合に応じ吾輩の眼玉のごとく変化する。吾輩の眼玉はただ小さくなったり大きくなったりするばかりだが、人間の品騭（ひんしつ）とくると真逆（まっさ）かさまにひっくり返る。ひっくり返っても差し支えはない。物には両面がある、両端がある。両端を叩いて黒白の変化を同一物の上に起こすところが人間の融通のきくところである。方寸を逆かさまにして見ると寸方となるところに愛嬌がある。天の橋立を股倉から覗いて見るとまた格別な趣が出る。セクスピヤも千古万古セクスピヤではつまらない。偶には股倉からハムレットを見て、君こりゃ駄目だよくらいに云う者がないと、文界も進歩しないだろう。だから運動をわるく云った連中が急に運動がしたくなって、女までがラケットを持って往来をあるき廻ったって一向不思議はない。ただ猫が運動するのを利いた風だなどと笑いさえしなければよい。さて吾輩の運動はいかなる種類の運動かと不審を抱く者があるかも知れんから一応説明しようと思う。御承知のごとく不幸にして機械を持つ事が出来ん。だからボールもバットも取り扱い方に困窮する。次には金がないから買う訳に行かない。この二つの源因からして吾輩の選んだ運動は一文いらず器械なしと名づくべき種類に属する者と思う。そんなら、のそのそ歩くか、あるいは鮪の切身啣（くわ）えて馳け出す事と考えるかも知れんが、ただ四本の足を力学的に運動させて、地球の引力に順（したが）って、大地を横行するのは、あまり単簡で興味がない。いくら運動と名がついても、主人の時々実行するような、読んで字のごとき運動はどうも運動の神聖を汚がす者だろうと思う。勿論ただの運動でもある刺激の下にはやらんとは限らん。鰹節競争、鮭探しなどは結構だがこれは肝心の対象物があっての上の事で、この刺激を取り去ると索然として没趣味なものになってしまう。懸賞的興奮剤がないとすれば何か芸のある運動がして見たい。吾輩はいろいろ考えた。台所の廂から家根に飛び上がる方、家根の天辺にある梅花形の瓦の上に四本足で立つ術、物干竿を渡る事――これは到底成功しない、竹がつるつる滑べって爪が立たない。後ろから不意に小供に飛びつく事、――これはすこぶる興味のある運動の一（ひとつ）だが滅多にやるとひどい目に逢うから、高々月に三度くらいしか試みない。紙袋を頭へかぶせらるる事――これは苦しいばかりではなはだ興味の乏しい方法である。ことに人間の相手がおらんと成功しないから駄目。次には書物の表紙を爪で引き掻く事、――

これは主人に見付かると必ずどやされる危険があるのみならず、割合に手先の器用ばかりで総身の筋肉が働かない。これらは吾輩のいわゆる旧式運動なる者である。新式のうちにはなかなか興味の深いのがある。第一に蟷螂狩り。――蟷螂狩りは鼠狩りほどの大運動でない代りにそれほどの危険がない。夏の半（なかば）から秋の始めへかけてやる遊戯としてはもっとも上乗のものだ。その方法を云うとまず庭へ出て、一匹の蟷螂をさがし出す。

時候がいいと一匹や二匹見付け出すのは雑作もない。さて見付け出した蟷螂君の傍へはっと風を切って馳けて行く。するとすわこそと云う身構をして鎌首をふり上げる。蟷螂でもなかなか健気なもので、相手の力量を知らんうちは抵抗するつもりでいるから面白い。振り上げた鎌首を右の前足でちょっと参る。振り上げた首は軟かいからぐにゃり横へ曲る。この時の蟷螂君の表情がすこぶる興味を添える。おやと云う思い入れが充分ある。ところを一足飛びに君の後ろへ廻って今度は背面から君の羽根を軽く引き掻く。あの羽根は平生大事に畳んであるが、引き掻き方が烈しいと、ぱっと乱れて中から吉野紙のような薄色の下着があらわれる。君は夏でも御苦労千万に二枚重ねで乙に極まっている。この時君の長い首は必ず後ろに向き直る。ある時は向ってくるが、大概の場合には首だけぬっと立てて立っている。こっちから手出しをするのを待ち構えて見える。先方がいつまでもこの態度でいては運動にならんから、あまり長くなるとまたちょいと一本参る。これだけ参ると眼識のある蟷螂なら必ず逃げ出す。それを我無洒落（がむしゃら）に向ってくるのはよほど無教育な野蛮的蟷螂である。もし相手がこの野蛮な振舞をやると、向って来たところを睨（ねら）いすまして、いやと云うほど張り付けてやる。大概は二三尺飛ばされる者である。しかし敵がおとなしく背面に前進すると、こっちは気の毒だから庭の立木を二三度飛鳥のごとく廻ってくる。蟷螂君はまだ五六寸しか逃げ延びておらん。もう吾輩の力量を知ったから手向いをする勇気はない。ただ右往左往へ逃げ惑うのみである。しかし吾輩も右往左往へ追っかけるから、君はしまいには苦しがって羽根を振って一大活躍を試みる事がある。元来蟷螂の羽根は彼の首と調和して、すこぶる細長く出来上がったものだが、聞いて見ると全く装飾用だそうで、人間の英語、仏語、独逸（ドイツ）語のごとく毫も実用にはならん。だから無用の長物を利用して一大活躍を試みたところが吾輩に対してあまり功能のありよう訳がない。名前は活躍だが事実は地面の上を引きずってあるくと云うに過ぎん。こうなると少々気の毒な感はあるが運動のためだから仕方がない。御免蒙ってたちまち前面へ馳け抜ける。君は惰性で急廻転が出来ないからやはりやむを得ず前進してくる。その鼻をなぐりつける。この時蟷螂君は必ず羽根を広げたまま仆（たお）れる。その上をうんと前足で抑えて少しく休息する。それからまた放す。放しておいてまた抑える。七擒七縦（しちきんしちしょう）孔明の軍略で攻めつける。約三十分この順序を繰り返して、身動きも出来なくなったところを見すましてちょっと口へ啣えて振って見る。それからまた吐き出す。今度は地面の上へ寝たぎり動かないから、こっちの手で突っ付いて、その勢で飛び上がるところをまた抑えつける。これもいやになってから、最後の手段としてむしゃむしゃ食ってしまう。ついでだから蟷螂を食った事のない人に話しておくが、蟷螂はあまり旨い物ではない。そうして滋養分も存外少ないようである。蟷螂狩りに次いで蝉取りと云う運動をやる。単に蝉と云ったところが同じ物ばかりではない。人間にも油野郎、みんみん野郎、おしいつくつく野郎があるごとく、蝉にも油蝉、みんみん、おしいつくつくがある。油蝉はしつこくて行かん。みんみんは横風で困る。ただ取って面白いのはおしいつくつくである。これは夏の末にならないと出て来ない。八つ口の綻びから秋風が断わりなしに膚（はだ）を撫でてはっくしょ風邪を引いたと云う頃熾（さかん）に尾を掉（ふ）り立てて なく。善（よ）く鳴く奴で、吾輩から見ると鳴くのと猫にとられるよりほかに天職がないと思われるくらいだ。秋の初はこいつを取る。これを称して蟬取り運動と云う。ちょっと諸君に話しておくがいやしくも蟬と名のつく以上は、地面の上に転がってはおらん。地面の上に落ちているものには必ず蟻がついている。吾輩の取るのはこの蟻の領分に寝転んでいる奴ではない。高い木の枝にとまって、おしいつくつくと鳴いている連中を捕えるのである。これもついでだから博学なる人間に聞きたいがあれはおしいつくつくと鳴くのか、つくつくおしいと鳴くのか、その解釈次第によっては蝉の研究上少なからざる関係があると思う。人間の猫に優るところはこんなところに存するので、人間の自ら誇る点もまたかような点にあるのだから、今即答が出来ないならよく考えておいたらよかろう。もっとも蝉取り運動上はどっちにしても差し支えはない。ただ声をしるべに木を上って行って、先方が夢中になって鳴いているところをうんと捕えるばかりだ。これはもっとも簡略な運動に見えてなかなか骨の折れる運動である。吾輩は四本の足を有しているから大地を行く事においてはあえて他の動物には劣るとは思わない。少なくとも二本と四本の数学的智識から判断して見て人間には負けないつもりである。しかし木登りに至っては大分吾輩より巧者な奴がいる。本職の猿は別物として、猿の末孫たる人間にもなかなか侮るべからざる手合がいる。元来が引力に逆らっての無理な事業だから出来なくても別段の恥辱とは思わんけれども、蝉取り運動上には少なからざる不便を与える。幸に爪と云う利器があるので、どうかこうか登りはするものの、はたで見るほど楽ではござらん。のみならず蝉は飛ぶものである。蟷螂君と違って一たび飛んでしまったが最後、せっかくの木登りも、木登らずと何の択（えら）むところなしと云う悲運に際会する事がないとも限らん。最後に時々蝉から小便をかけられる危険がある。あの小便がややともすると眼を覘ってしょぐってくるようだ。逃げるのは仕方がないから、どうか小便ばかりは垂れんように致したい。飛ぶ間際に溺（いば）りを仕るのは一体どう云う心理的状態の生理的器械に及ぼす影響だろう。やはりせつなさのあまりかしらん。あるいは敵の不意に出でて、ちょっと逃げ出す余裕を作るための方便か知らん。そうすると烏賊の墨を吐き、ベランメーの刺物（ほりもの）を見せ、主人が羅甸（ラテン）を弄する類と同じ綱目に入るべき事項となる。これも蝉学上忽（ゆる）かせにすべからざる問題である。充分研究すればこれだけでたしかに博士論文の価値はある。それは余事だから、そのくらいにしてまた本題に帰る。蝉のもっとも集注するのは——集注がおかしければ集合だが、集合は陳腐だからやはり集注にする。——蝉のもっとも集注するのは青桐である。漢名を梧桐（ごとう）と号するそうだ。ところがこの青桐は葉が非常に多い、しかもその葉は皆団扇くらいな大（おおき）さであるから、彼等が生い重なると枝がまるで見えないくらい茂っている。これがはなはだ蝉取り運動の妨害になる。声はすれども姿は見えずと云う俗謡はとくに吾輩のために作った者ではなかろうかと怪しまれるくらいである。吾輩は仕方がないからただ声を知るべに行く。下から一間ばかりのところで梧桐は注文通り二叉になっているから、ここで一休息して葉裏から蝉の所在地を探偵する。もっともここまで来るうちに、がさがさと音を立てて、飛び出す気早な連中がいる。一羽飛ぶともういけない。真似をする点においては蝉は人間に劣らぬくらい馬鹿である。あとから続々飛び出す。漸々二叉に到着する時分には満樹寂として片声（へんせい）をとどめざる事がある。かつてここまで登って来て、どこをどう見廻わしても、耳をどう振っても蝉気（せみけ）がないので、出直すのも面倒だからしばらく休息しようと、叉の上に陣取って第二の機会を待ち合せていたら、いつの間にか眠くなって、つい黒甜郷裡（こくてんきょうり）に遊んだ。おやと思って眼が醒めたら、二叉の黒甜郷裡から庭の敷石の上へどたりと落ちていた。しかし大概は登る度に一つは取って来る。ただ興味の薄い事には樹の上で口に啣えてしまわなくてはならん。だから下へ持って来て吐き出す時は大方死んでいる。いくらじゃらしても引っ掻いても確然たる手答がない。蝉取りの妙味はじっと忍んで行っておしい君が一生懸命に尻尾を延ばしたり縮ましたりしているところを、わっと前足で抑える時にある。この時つくつく君は悲鳴を揚げて、薄い透明羽根を縦横無尽に振う。その早い事、美事なる事は言語道断、実に蝉世界の一偉観である。余はつくつく君を抑える度にいつでも、つくつく君に請求してこの美術的演芸を見せてもらう。それがいやになるとご免を蒙って口の内へ頬張ってしまう。蝉によると口の内へ這入ってまで演芸をつづけているのがある。蝉取りの次にやる運動は松滑りである。これは長くかく必要もないから、ちょっと述べておく。松滑りと云うと松を滑るように思うかも知れんが、そうではないやはり木登りの一種である。ただ蝉取りは蝉を取るために登り、松滑りは、登る事を目的として登る。これが両者の差である。元来松は常盤にて最明寺の御馳走をしてから以来今日に至るまで、いやにごつごつしている。従って松の幹ほど滑らないものはない。手懸りのいいものはない。足懸りのいいものはない。――換言すれば爪懸りのいいものはない。その爪懸りのいい幹へ一気呵成に馳け上る。馳け上っておいて馳け下がる。馳け下がるには二法ある。一はさかさになって頭を地面へ向けて下りてくる。一は上ったままの姿勢をくずさずに尾を下にして降りる。人間に問うがどっちがむずかしいか知ってるか。人間のあさはかな了見では、どうせ降りるのだから下向に馳け下りる方が楽だと思うだろう。それが間違ってる。君等は義経が鵯越（ひよどりごえ）を落としたことだけを心得て、義経でさえ下を向いて下りるのだから猫なんぞは無論下（し）た向きでたくさんだと思うのだろう。そう軽蔑するものではない。猫の爪はどっちへ向いて生えていると思う。みんな後ろへ折れている。それだから鳶口のように物をかけて引き寄せる事は出来るが、逆に押し出す力はない。今吾輩が松の木を勢よく馳け登ったとする。すると吾輩は元来地上の者であるから、自然の傾向から云えば吾輩が長く松樹の巓（いただき）に留まるを許さんに相違ない、ただおけば必ず落ちる。しかし手放しで落ちては、あまり早過ぎる。だから何等かの手段をもってこの自然の傾向を幾分かゆるめなければならん。これ即ち降りるのである。落ちるのと降りるのは大変な違のようだが、その実思ったほどの事ではない。落ちるのを遅くすると降りるので、降りるのを早くすると落ちる事になる。落ちると降りるのは、ちとりの差である。吾輩は松の木の上から落ちるのはいやだから、落ちるのを緩めて降りなければならない。即ちあるものをもって落ちる速度に抵抗しなければならん。吾輩の爪は前申す通り皆後ろ向きであるから、もし頭を上にして爪を立てればこの爪の力は悉く、落ちる勢に逆って利用出来る訳である。従って落ちるが変じて降りるになる。実に見易（みやす）き道理である。しかるにまた身を逆にして義経流に松の木越をやって見給え。爪はあっても役には立たん。ずるずる滑って、どこにも自分の体量を持ち答える事は出来なくなる。ここにおいてかせっかく降りようと企てた者が変化して落ちる事になる。この通り鵯越はむずかしい。猫のうちでこの芸が出来る者は恐らく吾輩のみであろう。それだから吾輩はこの運動を称して松滑りと云うのである。最後に垣巡りについて一言する。主人の庭は竹垣をもって四角にしきられている。椽側と平行している一片（いっぺん）は八九間もあろう。左右は双方共四間に過ぎん。今吾輩の云った垣巡りと云う運動はこの垣の上を落ちないように一周するのである。これはやり損う事もままあるが、首尾よく行くとお慰（なぐさみ）

になる。ことに所々に根を焼いた丸太が立っているから、ちょっと休息に便宜がある。今日は出来がよかったので朝から昼までに三返やって見たが、やるたびにうまくなる。うまくなる度に面白くなる。とうとう四返繰り返したが、四返目に半分ほど巡（まわ）りかけたら、隣の屋根から烏が三羽飛んで来て、一間ばかり向うに列を正してとまった。これは推参な奴だ。人の運動の妨（さまたげ）をする、ことにどこの烏だか籍もない分で、人の塀へとまるという法があるもんかと思ったから、通るんだおい除（の）きたまえと声をかけた。真先の烏はこっちを見てにやにや笑っている。次のは主人の庭を眺めている。三羽目は嘴を垣根の竹で拭いていている。何か食って来たに違ない。吾輩は返答を待つために、彼等に三分間の猶予を与えて、垣の上に立っていた。烏は通称を勘左衛門と云うそうだが、なるほど勘左衛門だ。吾輩がいくら待ってても挨拶もしなければ、飛びもしない。吾輩は仕方がないから、そろそろ歩き出した。するとと真先の勘左衛門がちょいと羽を広げた。やっと吾輩の威光に恐れて逃げるなと思ったら、右向から左向に姿勢をかえただけである。この野郎！　地面の上ならその分に捨てておくのではないが、いかんせん、ただささえ骨の折れる道中に、勘左衛門などを相手にしている余裕がない。といってまた立留まって三羽が立ち退くのを待つのもいやだ。第一そう待っていては足がつづかない。先方は羽根のある身分であるから、こんな所へはとまりつけている。従って気に入ればいつまでも逗留するだろう。こっちはこれで四返目だたださえ大分労（つか）れている。いわんや綱渡りにも劣らざる芸当兼運動をやるのだ。何等の障害物がなくてさえ落ちんとは保証が出来んのに、こんな黒装束が、三個も前途を遮っては容易ならざる不都合だ。いよいよとなれば自ら運動を中止して垣根を下りるより仕方がない。面倒だから、いっそさよう仕ろうか、敵は大勢の事ではあるし、ことにはあまりこの辺には見馴れぬ人体（にんてい）である。口嘴が乙に尖がって何だか天狗の啓（もう）し子のようだ。どうせ質のいい奴でないには極っている。退却が安全だろう、あまり深入りをして万一落ちでもしたらなおさら恥辱だ。と思っていると左向をした烏が阿呆と云った。次のも真似をして阿呆と云った。最後の奴は御鄭寧（ごていねい）にも阿呆阿呆と二声叫んだ。いかに温厚なる吾輩でもこれは看過出来ない。第一自己の邸内で烏輩に侮辱されたとあっては、吾輩の名前にかかわる。名前はまだないから係わりようがなかろうと云うなら体面に係わる。決して退却は出来ない。諺にも烏合の衆と云うから三羽だって存外弱いかも知れない。進めるだけ進めと度胸を据えて、のそのそ歩き出す。烏は知らん顔をして何か御互に話をしている様子だ。いよいよ肝癪に障る。垣根の幅がもう五六寸もあったらひどい目に合せてやるんだが、残念な事にはいくら怒っても、のそのそとしかあるかれない。ようやくの事先鋒を去る事約五六寸の距離まで来てもう一息だと思うと、勘左衛門は申し合せたように、いきなり羽搏（はばたき）をして二三尺飛び上がった。その風が突然余の顔を吹いた時、はっと思ったら、つい踏み外ずして、すとんと落ちた。これはしくじったと垣根の下から見上げると、三羽共元の所にとまって上から嘴を揃えて吾輩の顔を見下している。図太い奴だ。睨めつけてやったが一向利かない。背を丸くして、少々唸ったが、ますます駄目だ。俗人に霊妙なる象徴詩がわからぬごとく、吾輩が彼等に向って示す怒りの記号も何等の反応を呈出しない。考えて見ると無理のないところだ。吾輩は今まで彼等を猫として取り扱っていた。それが悪るい。猫ならこのくらいやればたしかに応えるのだが生憎相手は鳥だ。鳥の勘公とあって見れば致し方がない。実業家が主人苦沙弥先生を圧倒しようとあせるごとく、西行に銀製の吾輩を進呈するがごとく、西郷隆盛君の銅像に勘公が糞をひるようなものである。機を見るに敏なる吾輩は到底駄目と見て取ったから、奇麗さっぱりと椽側へ引き上げた。もう晩飯の時刻だ。運動もいいが度を過ごすと行かぬ者で、からだ全体が何となく緊(しま)りがない、ぐたぐたの感がある。のみならずまだ秋の取り付きで運動中に照り付けられた毛ごろもは、西日を思う存分吸収したと見えて、ほてってたまらない。毛穴から染み出す汗が、流れればと思うのに毛の根に膏（あぶら）のようにねばり付く。背中がむずむずする。汗でむずむずするのと蚤が這ってむずむずするのは判然と区別が出来る。口の届く所なら噛む事も出来る、足の達する領分は引き掻く事も心得にあるが、脊髄の縦に通う真中と来たら自分の及ぶ限でない。こう云う時には人間を見懸けて矢鱈にこすり付けるか、松の木の皮で充分摩擦術を行うか、二者その一を択（えら）ばんと不愉快で安眠も出来兼ねる。人間は愚なものであるから、猫なで声で——猫なで声は人間の吾輩に対して出す声だ。吾輩を目安にして考えれば猫なで声ではない、なでられ声である——よろしい、とにかく人間は愚なものであるから撫でられ声で膝の傍へ寄って行くと、大抵の場合において彼もしくは彼女を愛するものと誤解して、わが為すままに任せるのみか折々は頭さえ撫でてくれるものだ。しかるに近来吾輩の毛中にのみと号する一種の寄生虫が繁殖したので滅多に寄り添うと、必ず頸筋を持って向うへ抛り出される。わずかに眼に入るか入らぬか、取るにも足らぬ虫のために愛想をつかしたと見える。手を翻せば雨、手を覆せば雲とはこの事だ。高がのみの千足や二千足でよくまあこんなに現金な真似が出来たものだ。人間世界を通じて行われる愛の法則の第一条にはこうあるそうだ。——自己の利益になる間は、すべからく人を愛すべし。——人間の取り扱が俄然豹変したので、いくら痒ゆくても人力を利用する事は出来ん。だから第二の方法によって松皮摩擦法をやるよりほかに分別はない。しからばちょっとこすって参ろうかとまた椽側から降りかけたが、いやこれも利害相償わぬ愚策だと心付いた。と云うのはほかでもない。松には脂がある。この脂たるすこぶる執着心の強い者で、もし一たび、毛の先へくっ付けようものなら、雷が鳴ってもバルチック艦隊が全滅しても決して離れない。しかのみならず五本の毛へこびりつくが早いか、十本に蔓延する。十本やられたなと気が付くと、もう三十本引っ懸っている。吾輩は淡泊を愛する茶人的猫である。こんな、しつこい、毒悪な、ねちねちした、執念深い奴は大嫌だ。たとい天下の美猫といえどもご免蒙る。いわんや松脂においてをやだ。車屋の黒の両眼から北風に乗じて流れる目糞と択ぶところなき身分をもって、この淡灰色の毛衣を大なしにするとは怪しからん。少しは考えて見るがいい。といったところできゃつなかなか考える気遣はない。あの皮のあたりへ行って背中をつけるが早いか必ずべたりとおいでになるに極っている。こんな無分別な頓痴奇（とんちき）を相手にしては吾輩の顔に係わるのみならず、引いて吾輩の毛並に関する訳だ。いくら、むずむずしたって我慢するよりほかに致し方はあるまい。しかしこの二方法共実行出来んとなるとはなはだ心細い。今において一工夫しておかんとしまいにはむずむず、ねちねちの結果病気に罹るかも知れない。何か分別はあるまいかなと、後と足を折って思案したが、ふと思い出した事がある。うちの主人は時々手拭と石鹸をもって飄然といずれへか出て行く事がある、三四十分して帰ったところを見ると彼の朦朧たる顔色が少しは活気を帯びて、晴れやかに見える。主人のような汚苦（むさくる）しい男にこのくらいな影響を与えるなら吾輩にはもう少し利目があるに相違ない。吾輩はただでさえこのくらいな器量だから、これより色男になる必要はないようなものの、万一病気に罹って一歳何が月で夭折するような事があっては天下の蒼生に対して申し訳がない。聞いて見るとこれも人間のひま潰しに案出した洗湯（せんとう）なるものだそうだ。どうせ人間の作ったものだから碌なものでないには極っているがこの際の事だから試しに這入って見るのもよかろう。やって見て功験がなければよすまでの事だ。しかし人間が自己のために設備した浴場へ異類の猫を入れるだけの洪量（こうりょう）があるだろうか。これが疑問である。主人がすまして這入るくらいのところだから、よもや吾輩を断わる事もなかろうけれども万一お気の毒様を食うような事があっては外聞がわるい。これは一先ず容子を見に行くに越した事はない。見た上でこれならよいと当りが付いたら、手拭を啣えて飛び込んで見よう。とここまで思案を定めた上でそのそと洗湯へ出掛けた。

　横町を左へ折れると向うに高いとよ竹のようなものが屹立して先から薄い煙を吐いている。これ即ち洗湯である。吾輩はそっと裏口から忍び込んだ。裏口から忍び込むのを卑怯とか未練とか云うが、あれは表からでなくては訪問する事が出来ぬものが嫉妬半分に囃し立てる繰り言である。昔から利口な人は裏口から不意を襲う事にきまっている。紳士養成方（ほう）の第二巻第一章の五ページにそう出ているそうだ。その次のページには裏口は紳士の遺書にして自身徳を得るの門なりとあるくらいだ。吾輩は二十世紀の猫だからこのくらいの教育はある。あんまり軽蔑してはいけない。さて忍び込んで見ると、左の方に松を割って八寸くらいにしたのが山のように積んであって、その隣りには石炭が岡のように盛ってある。なぜ松薪（まつまき）が山のようで、石炭が岡のようかと聞く人があるかも知れないが、別に意味も何もない、ただちょっと山と岡を使い分けただけである。人間も米を食ったり、鳥を食ったり、肴を食ったり、獣を食ったりいろいろの悪もの食いをしつくしたあげくついに石炭まで食うように堕落したのは不憫である。行き当りを見ると一間ほどの入口が明け放しになって、中を覗くとがんがらがんのがあんと物静かである。その向側で何かしきりに人間の声がする。いわゆる洗湯はこの声の発する辺に相違ないと断定したから、松薪と石炭の間に出来てる谷あいを通り抜けて左へ廻って、前進すると右手に硝子窓があって、そのそとに丸い小桶が三角形即ちピラミッドのごとく積みかさねてある。丸いものが三角に積まれるのは不本意千万だろうと、ひそかに小桶諸君の意を諒とした。小桶の南側は四五尺の間板が余って、あたかも吾輩を迎うるもののごとく見える。板の高さは地面を去る約一メートルだから飛び上がるには御誂えの上等である。よろしいと云いながらひらりと身を躍らすといわゆる洗湯は鼻の先、眼の下、顔の前にぶらついている。天下に何が面白いと云って、未だ食わざるものを食い、未だ見ざるものを見るほどの愉快はない。諸君もうちの主人のごとく一週三度くらい、この洗湯界に三十分乃至四十分を暮すならいいが、もし吾輩のごとく風呂と云うものを見た事がないなら、早く見るがいい。親の死目に逢わなくてもいいから、これだけは是非見物するがいい。世界広しといえどもこんな奇観はまたとあるまい。

何が奇観だ？　何が奇観だって吾輩はこれを口にするを憚かるほどの奇観だ。この硝子窓の中にうじゃうじゃ、があがあ騒いでいる人間はことごとく裸体である。台湾の生蕃（せいばん）である。二十世紀のアダムである。そもそも衣装の歴史を繙けば――長い事だからこれはトイフェルスドレック君に譲って、繙くだけはやめてやるが、――人間は全く服装で持ってるのだ。十八世紀の頃大英国バスの温泉場においてボー・ナッシが厳重な規則を制定した時などは浴場内で男女共肩から足まで着物でかくしたくらいである。今を去る事六十年前これも英国の去る都で図案学校を設立した事がある。図案学校の事であるから、裸体画、裸体像の模写、模型を買い込んで、ここ、かしこに陳列したのはよかったが、いざ開校式を挙行する一段になって当局者を初め学校の職員が大困却をした事がある。開校式をやるとすれば、市の淑女を招待しなければならん。ところが当時の貴婦人方の考によると人間は服装の動物である。皮を着た猿の子分ではないと思っていた。人間として着物をつけないのは象の鼻なきがごとく、学校の生徒なきがごとく、兵隊の勇気なきがごとく全くその本体を失している。いやしくも本体を失している以上は人間としては通用しない、獣類である。仮令（たとい）模写模型にせよ獣類の人間と伍するのは貴女の品位を害する訳である。でありますから妾等（しょうら）は出席御断わり申すと云われた。そこで職員共は話せない連中だとは思ったが、何しろ女は東西両国を通じて一種の装飾品である。米春（こめつき）にもなれん志願兵にもなれないが、開校式には欠くべからざる化粧道具である。と云うところから仕方がない、呉服屋へ行って黒布を三十五反八分七（はちぶんのしち）買って来て例の獣類の人間にことごとく着物をきせた。失礼があってはならんと念に念を入れて顔まで着物をきせた。かようにしてようやくの事滞りなく式をすましたと云う話がある。そのくらい衣服は人間にとって大切なものである。近頃は裸体画裸体画と云ってしきりに裸体を主張する先生もあるがあれはあやまっている。生れてから今日に至るまで一日も裸体になった事がない吾輩から見ると、どうしても間違っている。裸体は希臘（ギリシャ）、羅馬（ローマ）の遺風が文芸復興時代の淫靡の風に誘われてから流行りだしたもので、希臘人や、羅馬人は平常から裸体を見做（みな）れていたのだから、これをもって風教上の利害の関係があるなどとは毫も思い及ばなかったのだろうが北欧は寒い所だ。日本でさえ裸で道中がなるものかと云うくらいだから独逸や英吉利（イギリス）で裸になっておれば死んでしまう。死んでしまってはつまらないから着物をきる。みんなが着物をきれば人間は服装の動物になる。一たび服装の動物となった後に、突然裸体動物に出逢えば人間とは認めない、獣と思う。それだから欧洲人ことに北方の欧洲人は裸体画、裸体像をもって獣として取り扱っていいのである。猫に劣る獣と認定していいのである。美しい？　美しくても構わんから、美しい獣と見做せばいいのである。こう云うと西洋婦人の礼服を見たかと云うものもあるかも知れないが、猫の事だから西洋婦人の礼服を拝見した事はない。聞くところによると彼等は胸をあらわし、肩をあらわし、腕をあらわしてこれを礼服と称しているそうだ。怪しからん事だ。十四世紀頃までは彼等の出で立ちはしかく滑稽ではなかった、やはり普通の人間の着るものを着ておった。それがなぜこんな下等な軽術（かるわざ）師流に転化してきたかは面倒だから述べない。知る人ぞ知る、知らぬものは知らん顔をしておればよろしかろう。歴史はとにかく彼等はかかる異様な風態をして夜間だけは得々たるにも係わらず内心は少々人間らしいところもあると見えて、日が出ると、肩をすぼめる、胸をかくす、腕を包む、どこもかしこもことごとく見えなくしてしまうのみならず、足の爪一本でも人に見せるのを非常に恥辱と考えている。これで考えても彼等の礼服なるものは一種の頓珍漢的作用によって、馬鹿と馬鹿の相談から成立したものだと云う事が分る。それが口惜しければ日中でも肩と胸と腕を出していて見るがいい。裸体信者だってその通りだ。それほど裸体がいいものなら娘を裸体にして、ついでに自分も裸になって上野公園を散歩でもするがいい、できない？　出来ないのではない、西洋人がやらないから、自分もやらないのだろう。現にこの不合理極まる礼服を着て威張って帝国ホテルなどへ出懸けるではないか。その因縁を尋ねると何にもない。ただ西洋人がきるから、着ると云うまでの事だろう。西洋人は強いから無理でも馬鹿気ていても真似なければやり切れないのだろう。長いものには捲かれろ、強いものには折れろ、重いものには圧（お）されろと、そうれろ尽しでは気が利かんではないか。気が利かんでも仕方がないと云うなら勘弁するから、あまり日本人をえらい者と思ってはいけない。学問といえどもその通りだがこれは服装に関係がない事だから以下略とする。

衣服はかくのごとく人間にも大事なものである。人間が衣服か、衣服が人間かと云うくらい重要な条件である。人間の歴史は肉の歴史にあらず、骨の歴史にあらず、血の歴史にあらず、単に衣服の歴史であると申したいくらいだ。だから衣服を着けない人間を見ると人間らしい感じがしない。まるで化物に邂逅したようだ。化物でも全体が申し合せて化物になれば、いわゆる化物は消えてなくなる訳だから構わんが、それでは人間自身が大に困却する事になるばかりだ。その昔し自然は人間を平等なるものに製造して世の中に抛り出した。だからどんな人間でも生れるときは必ず赤裸である。もし人間の本性が平等に安んずるものならば、よろしくこの赤裸のままで生長してしかるべきだろう。しかるに赤裸の一人が云うにはこう誰も彼も同じでは勉強する甲斐がない。骨を折った結果が見えぬ。どうかして、おれはおれだ誰が見てもおれだと云うところが目につくようにしたい。それについては何か人が見てあっと魂消る物をからだにつけて見たい。何か工夫はあるまいかと十年間考えてようやく猿股を発明してすぐさまこれを穿いて、どうだ恐れ入ったろうと威張ってそこいらを歩いた。これが今日の車夫の先祖である。単簡なる猿股を発明するのに十年の長日月を費やしたのはいささか異な感もあるが、それは今日から古代に溯（さかのぼ）って身を蒙昧の世界に置いて断定した結論と云うもので、その当時にこれくらいな大発明はなかったのである。デカルトは「余は思考す、故に余は存在す」という三つ子にでも分るような真理を考え出すのに十何年か懸ったそうだ。すべて考え出す時には骨の折れるものであるから猿股の発明に十年を費やしたって車夫の智慧には出来過ぎると云わねばなるまい。さあ猿股が出来ると世の中で幅のきくのは車夫ばかりである。あまり車夫が猿股をつけて天下の大道を我物顔に横行闊歩するのを憎らしいと思って負けん気の化物が六年間工夫して羽織と云う無用の長物を発明した。すると猿股の勢力は頓（とみ）に衰えて、羽織全盛の時代となった。八百屋、生薬屋、呉服屋は皆この大発明家の末流である。猿股期、羽織期の後に来るのが袴期である。これは、何だ羽織の癖にと癇癪を起した化物の考案になったもので、昔の武士今の官員などは皆この種属である。かように化物共がわれもわれもと異を衒い新を競って、ついには燕の尾にかたどった畸形(きけい)まで出現したが、退いてその由来を案ずると、何も無理矢理に、出鱈目に、偶然に、漫然に持ち上がった事実では決してない。皆勝ちたい勝ちたいの勇猛心の凝ってさまざまの新形となったもので、おれは手前じゃないぞと振れてあるく代りに被っているのである。して見るとこの心理からして一大発見が出来る。それはほかでもない。自然は真空を忌むごとく、人間は平等を嫌うと云う事だ。すでに平等を嫌ってやむを得ず衣服を骨肉のごとくかようにつけ纏う今日において、この本質の一部分たる、これ等を打ちやって、元の杢阿弥の公平時代に帰るのは狂人の沙汰である。よし狂人の名称を甘んじても帰る事は到底出来ない。帰った連中を開明人の目から見れば化物である。仮令世界何億万の人口を挙げて化物の域に引ずりおろしてこれなら平等だろう、みんなが化物だから恥ずかしい事はないと安心してもやっぱり駄目である。世界が化物になった翌日からまた化物の競争が始まる。着物をつけて競争が出来なければ化物なりで競争をやる。赤裸は赤裸でどこまでも差別を立ててくる。この点から見ても衣服は到底脱ぐ事は出来ないものになっている。

しかるに今吾輩が眼下に見下した人間の一団体

は、この脱ぐべからざる猿股も羽織も乃至（ないし）袴もことごとく棚の上に上げて、無遠慮にも本来の狂態を衆目環視の裡に露出して平然と談笑を縦（ほしいま）まにしている。吾輩が先刻一大奇観と云ったのはこの事である。吾輩は文明の諸君子のためにここに謹んでその一般を紹介するの栄を有する。

何だかごちゃごちゃしていて何にから記述していいか分らない。化物のやる事には規律がないから秩序立った証明をするのに骨が折れる。まず湯槽（ゆぶね）から述べよう。湯槽だか何だか分らないが、大方湯槽というものだろうと思うばかりである。幅が三尺くらい、長は一間半もあるか、それを二つに仕切って一つには白い湯が這入っている。何でも薬湯とか号するのだそうで、石灰を溶かし込んだような色に濁っている。もっともただ濁っているのではない。膏（あぶら）ぎって、重た気に濁っている。よく聞くと腐って見えるのも不思議はない、一週間に一度しか水を易(か)えないのだそうだ。その隣りは普通一般の湯の由だがこれまたもって透明、瑩徹(えいてつ)などとは誓って申されない。天水桶を攪き混ぜたくらいの価値はその色の上において充分あらわれている。これからが化物の記述だ。大分骨が折れる。天水桶の方に、突っ立っている若造が二人いる。立ったまま、向い合って湯をざぶざぶ腹の上へかけている。いい慰みだ。双方共色の黒い点において間然するところなきまでに発達している。この化物は大分逞ましいなと見ていると、やがて一人が手拭で胸のあたりを撫で廻しながら「金さん、どうも、ここが痛んでいけねえが何だろう」と聞くと金さんは「そりゃ胃さ、胃て云う奴は命をとるからね。用心しねえとあぶないよ」と熱心に忠告を加える。「だってこの左の方だぜ」と左肺の方を指す。「そこが胃だあな。左が胃で、右が肺だよ」「そうかな、おらあまた胃はここいらかと思った」と今度は腰の辺を叩いて見せると、金さんは「そりゃ疝気（せんき）だあね」と云った。ところへ二十五六の薄い髯を生やした男がどぶんと飛び込んだ。すると、からだに付いていた石鹸が垢と共に浮きあがる。鉄気（かなけ）のある水を透かして見た時のようにきらきらと光る。その隣りに頭の禿げた爺さんが五分刈を捕えて何か弁じている。双方共頭だけ浮かしているのみだ。「いやこう年をとっては駄目さね。人間もやきが廻っちゃ若い者には叶わないよ。しかし湯だけは今でも熱いのでないと心持が悪くてね」「旦那なんか丈夫なものですぜ。そのくらい元気がありゃ結構だ」「元気もないのさ。ただ病気をしないだけさ。人間は悪い事さえしなけりゃあ百二十までは生きるもんだからね」「へえ、そんなに生きるもんですか」「生きるとも百二十までは受け合う。御維新前牛込に曲淵（まがりぶち）と云う旗本があって、そこにいた下男は百三十だったよ」「そいつは、よく生きたもんですね」「ああ、あんまり生き過ぎてつい自分の年を忘れてね。百までは覚えていましたがそれから忘れてしまいましたと云ってたよ。それでわしの知っていたのが百三十の時だったが、それで死んだんじゃない。それからどうなったか分らない。事によるとまだ生きてるかも知れない」と云いながら槽（ふね）から上る。髯を生やしている男は雲母のようなものを自分の廻りに蒔き散らしながら独りでにやにや笑っていた。入れ代って飛び込んで来たのは普通一般の化物とは違って背中に模様画をほり付けている。岩見重太郎が大刀を振り翳して蟒（うわばみ）を退治るところのようだが、惜しい事に未だ竣功（しゅんこう）の期に達せんので、蟒はどこにも見えない。従って重太郎先生いささか拍子抜けの気味に見える。飛び込みながら「篦棒（べらぼう）に温るいや」と云った。するとまた一人続いて乗り込んだのが「こりゃどうも……もう少し熱くなくっちゃあ」と顔をしかめながら熱いのを我慢する気色とも見えたが、重太郎先生と顔を見合せて「やあ親方」と挨拶をする。重太郎は「やあ」と云ったが、やがて「民さんはどうしたね」と聞く。「どうしたか、じゃんじゃんが好きだからね」「じゃんじゃんばかりじゃねえ……」「そうかい、あの男も腹のよくねえ男だからね。——どう云うもんか人に好かれねえ、——どう云うものだか、——どうも人が信用しねえ。職人てえものは、あんなもんじゃねえが」「そうよ。民さんなんざあ腰が低いんじゃねえ、頭が高けえんだ。それだからどうも信用されねえんだね」「本当によ。あれで一っぱし腕があるつもりだから、——つまり自分の損だあな」「白銀町にも古い人が亡くなってね、今じゃ桶屋の元さんと煉瓦屋の大将と親方ぐれえな者だあな。こちとらあこうしてここで生れたもんだが、民さんなんざあ、どこから来たんだか分りゃしねえ」「そうよ。しかしよくあれだけになったよ」「うん。どう云うもんか人に好かれねえ。人が交際（つきあ）わねえからね」と徹頭徹尾民さんを攻撃する。

天水桶はこのくらいにして、白い湯の方を見るとこれはまた非常な大入で、湯の中に人が這入ってると云わんより人の中に湯が這入ってると云う方が適当である。しかも彼等はすこぶる悠々閑々たる物で、先刻から這入るものはあるが出る物は一人もない。こう這入った上に、一週間もとめておいたら湯もよごれるはずだと感心してなおよく槽の中を見渡すと、左の隅に圧しつけられて苦沙弥先生が真赤になってすくんでいる。可哀そうに誰か路をあけて出してやればいいのにと思うのに誰も動きそうにもしなければ、主人も出ようとする気色も見せない。ただじっとして赤くなっているばかりである。これはご苦労な事だ。なるべく二銭五厘の湯銭を活用しようと云う精神からして、かように赤くなるのだろうが、早く上がらんと湯気にあがるがと主思いの吾輩は窓の棚から少なからず心配した。するとと主人の一軒置いて隣りに浮いてる男が八の字を寄せながら「これはちと利き過ぎるようだ、どうも背中の方から熱い奴がじりじり湧いてくる」と暗に列席の化物に同情を求めた。「なあにこれがちょうどいい加減です。薬湯はこのくらいでないと利きません。わたしの国なぞではこの倍も熱い湯へ這入ります」と自慢らしく説き立てるものがある。「一体この湯は何に利くんでしょう」と手拭を畳んで凸凹頭をかくした男が一同に聞いて見る。「いろいろなものに利きますよ。何でもいいてえんだからね。豪気（ごうぎ）だあね」と云ったのは瘠せた黄瓜（きゅうり）のような色と形とを兼ね得たる顔の所有者である。そんなに利く湯なら、もう少しは丈夫そうになれそうなものだ。「薬を入れ立てより、三日目か四日目がちょうどいいようです。今日等は這入り頃ですよ」と物知り顔に述べたのを見ると、膨れ返った男である。これは多分垢肥りだろう。「飲んでも利きましょうか」とどこからか知らないが黄色い声を出す者がある。「冷えた後などは一杯飲んで寝ると、奇体に小便に起きないから、まあやって御覧なさい」と答えたのは、どの顔から出た声か分らない。

湯槽の方はこれぐらいにして板間を見渡すと、いるわいるわ絵にもならないアダムがずらりと並んで各（おのおの）勝手次第な姿勢で、勝手次第なところを洗っている。その中にもっとも驚ろくべきのは仰向けに寝て、高い明かり取を眺めているのと、腹這いになって、溝の中を覗き込んでいる両アダムである。これはよほど閑なアダムと見える。坊主が石壁を向いてしゃがんでいると後ろから、小坊主がしきりに肩を叩いている。これは師弟の関係上三介（さんすけ）の代理を務めるのであろう。本当の三介もいる。風邪を引いたと見えて、このあついのにちゃんちゃんを着て、小判形の桶からざあと旦那の肩へ湯をあびせる。右の足を見ると親指の股に呉絽（ごろ）の垢擦りを挟んでいる。こちらの方では小桶を慾張って三つ抱え込んだ男が、隣りの人に石鹸を使え使えと云いながらしきりに長談議をしている。何だろうと聞いて見るとこんな事を言っていた。「鉄砲は外国から渡ったもんだね。昔は斬り合いばかりさ。外国は卑怯だからね、それであんなものが出来たんだ。どうも支那じゃねえようだ、やっぱり外国のようだ。和唐内(わとうない)の時にゃ無かったね。和唐内はやはり清和源氏さ。なんでも義経が蝦夷から満洲へ渡った時に、蝦夷の男で大変学のできる人がくっ付いて行ったてえ話しだね。それでその義経のむすこが大明を攻めたんだが大明じゃ困るから、三代将軍へ使をよこして三千人の兵隊を借してくれろと云うと、三代様がそいつを留めておいて帰さねえ。——何とか云ったっけ。——何でも何とか云う使だ。——それでその使を二年とめておいてしまいに長崎で女郎を見せたんだがね。その女郎に出来た子が和唐内さ。それから国へ帰って見ると大明は国賊に亡ぼされていた。……」何を云うのかさっぱり分らない。その後ろに二十五六の陰気な顔をした男が、ぼんやりして股の所を白い湯でしきりにたでている。腫物か何かで苦しんでいると見える。その横に年の頃は十七八で君とか僕とか生意気な事をべらべら喋舌ってるのはこの近所の書生だろう。そのまた次に妙な背中が見える。尻の中から寒竹を押し込んだように背骨の節が歴々（ありあり）と出ている。そうしてその左右に十六むさしに似たる形が四個ずつ行儀よく並んでいる。その十六むさしが赤く爛れて周囲に膿をもっているのもある。こう順々に書いてくると、書く事が多過ぎて到底吾輩の手際にはその一斑（いっぱん）さえ形容する事が出来ん。これは厄介な事をやり始めた者だと少々辟易していると入口の方に浅黄木綿の着物をきた七十ばかりの坊主がぬっと見（あら）われた。坊主は恭しくこれらの裸体の化物に一礼して「へい、どなた様も、毎日相変らずありがとう存じます。今日は少々御寒うございますから、どうぞ御緩（ごゆっ）くり――どうぞ白い湯へ出たり這入ったりして、ゆるりと御あったまり下さい。――番頭さんや、どうか湯加減をよく見て上げてな」とよどみなく述べ立てた。番頭さんは「おーい」と答えた。和唐内は「愛嬌ものだね。あれでなくては商買（しょうばい）は出来ないよ」と大に爺さんを激賞した。吾輩は突然この異な爺さんに逢ってちょっと驚ろいたからこっちの記述はそのままにして、しばらく爺さんを専門に観察する事にした。爺さんはやがて今上り立ての四つばかりの男の子を見て「坊ちゃん、こちらへおいで」と手を出す。小供は大福を踏み付けたような爺さんを見て大変だと思ったか、わーっと悲鳴を揚げてなき出す。爺さんは少しく不本意の気味で「いや、御泣きか、なに？　爺さんが恐い？　いや、これはこれは」と感嘆した。仕方がないものだから忽ち機鋒を転じて、小供の親に向った。「や、これは源さん。今日は少し寒いな。ゆうべ、近江屋へ這入った泥棒は何と云う馬鹿な奴じゃの。あの戸の潜りの所を四角に切り破っての。そうしてお前の。何も取らずに行（い）んだげな。御巡りさんか夜番でも見えたものであろう」と大に泥棒の無謀を憫笑したがまた一人を捉（つ）らまえて「はいはい御寒う。あなた方は、御若いから、あまりお感じにならんかの」と老人だけにただ一人寒がっている。

しばらくは爺さんの方へ気を取られて他の化物

の事は全く忘れていたのみならず、苦しそうにすくんでいた主人さえ記憶の中から消え去った時突然流しと板の間の中間で大きな声を出すものがある。見ると紛れもなき苦沙弥先生である。主人の声の図抜けて大いなるのと、その濁って聴き苦しいのは今日に始まった事ではないが場所が場所だけに吾輩は少からず驚ろいた。これは正（まさ）しく熱湯の中に長時間のあいだ我慢をして浸っておったため逆上したに相違ないと咄嗟の際に吾輩は鑑定をつけた。それも単に病気の所為なら咎むる事もないが、彼は逆上しながらも充分本心を有しているに相違ない事は、何のためにこの法外の胴間声を出したかを話せばすぐわかる。彼は取るにも足らぬ生意気書生を相手に大人気もない喧嘩を始めたのである。「もっと下がれ、おれの小桶に湯が這入っていかん」と怒鳴るのは無論主人である。物は見ようでどうでもなるものだから、この怒号をただ逆上の結果とばかり判断する必要はない。万人のうちに一人くらいは高山彦九郎が山賊を叱（しっ）したようだくらいに解釈してくれるかも知れん。当人自身もそのつもりでやった芝居かも分らんが、相手が山賊をもって自らおらん以上は予期する結果は出て来ないに極っている。書生は後ろを振り返って「僕はもとからここにいたのです」とおとなしく答えた。これは尋常の答で、ただその地を去らぬ事を示しただけが主人の思い通りにならんので、その態度と云い言語と云い、山賊として罵り返すべきほどの事でもないのは、いかに逆上の気味の主人でも分っているはずだ。しかし主人の怒号は書生の席そのものが不平なのではない、先刻からこの両人は少年に似合わず、いやに高慢ちきな、利いた風の事ばかり併（なら）べていたので、始終それを聞かされた主人は、全くこの点に立腹したものと見える。だから先方でおとなしい挨拶をしても黙って板の間へ上がりはせん。今度は「何だ馬鹿野郎、人の桶へ汚ない水をぴちゃぴちゃ跳ねかす奴があるか」と喝（かっ）し去った。吾輩もこの小僧を少々心憎く思っていたから、この時心中にはちょっと快哉を呼んだが、学校教員たる主人の言動としては穏やかならぬ事と思うた。元来主人はあまり堅過ぎていかん。石炭のたき殻見たようにかさかさしてしかもいやに硬い。むかしハンニバルがアルプス山を超える時に、路の真中に当って大きな岩があって、どうしても軍隊が通行上の不便邪魔をする。そこでハンニバルはこの大きな岩へ醋(す)をかけて火を焚いて、柔かにしておいて、それから鋸でこの大岩を蒲鉾のように切って滞りなく通行をしたそうだ。主人のごとくこんな利目のある薬湯へ煮(う)だるほど這入っても少しも功能のない男はやはり醋をかけて火炙りにするに限ると思う。しからずんば、こんな書生が何百人出て来て、何十年かかったって主人の頑固は癒(なお)りっこない。この湯槽に浮いているもの、この流しにごろごろしているものは文明の人間に必要な服装を脱ぎ棄てる化物の団体であるから、無論常規常道をもって律する訳にはいかん。何をしたって構わない。肺の所に胃が陣取って、和唐内が清和源氏になって、民さんが不信用でもよかろう。しかし一たび流しを出て板の間に上がれば、もう化物ではない。普通の人類の生息する娑婆へ出たのだ、文明に必要なる着物をきるのだ。従って人間らしい行動をとらなければならんはずである。今主人が踏んでいるところは敷居である。流しと板の間の境にある敷居の上であって、当人はこれから歓言愉色(かんげんゆしょく)、円転滑脱(かつだつ)の世界に逆戻りをしようと云う間際である。その間際ですらかくのごとく頑固であるなら、この頑固は本人にとって牢として抜くべからざる病気に相違ない。病気なら容易に矯正する事は出来まい。この病気を癒す方法は愚考によるとただ一つある。校長に依頼して免職して貰う事即ちこれなり。免職になれば融通の利かぬ主人の事だからきっと路頭に迷うに極ってる。路頭に迷う結果はのたれ死にをしなければならない。換言すると免職は主人にとって死の遠因になるのである。主人は好んで病気をして喜こんでいるけれど、死ぬのは大嫌である。死なない程度において病気と云う一種の贅沢がしていたいのである。それだからそんなに病気をしていると殺すぞと嚇（おど）かせば臆病なる主人の事だからびりびりと慄（ふる）え上がるに相違ない。この慄え上がる時に病気は奇麗に落ちるだろうと思う。それでも落ちなければそれまでの事さ。

いかに馬鹿でも病気でも主人に変りはない。一飯君恩を重んずと云う詩人もある事だから猫だって主人の身の上を思わない事はあるまい。気の毒だと云う念が胸一杯になったため、ついそちらに気が取られて、流しの方の観察を怠たっていると、突然白い湯槽の方面に向って口々に罵る声が聞える。ここにも喧嘩が起ったのかと振り向くと、狭い柘榴口に一寸の余地もないくらいに化物が取りついて、毛のある脛と、毛のない股と入り乱れて動いている。折から初秋の日は暮るるになんなんとして流しの上は天井まで一面の湯気が立て籠める。かの化物の犇く様がその間から朦朧と見える。熱い熱いと云う声が吾輩の耳を貫ぬいて左右へ抜けるように頭の中で乱れ合う。その声には黄なのも、青いのも、赤いのも、黒いのもあるが互に畳（かさ）なりかかって一種名状すべからざる音響を浴場内に漲らす。ただ混雑と迷乱とを形容するに適した声と云うのみで、ほかには何の役にも立たない声である。吾輩は茫然としてこの光景に魅入られたばかり立ちすくんでいた。やがてわーわーと云う声が混乱の極度に達して、これよりはもう一歩も進めぬと云う点まで張り詰められた時、突然無茶苦茶に押し寄せ押し返している群の中から一大長漢がぬっと立ち上がった。彼の身の丈を見ると他の先生方よりはたしかに三寸くらいは高い。のみならず顔から髯が生えているのか髯の中に顔が同居しているのか分らない赤つらを反り返して、日盛りに破れ鐘をつくような声を出して「うめろうめろ、熱い熱い」と叫ぶ。この声とこの顔ばかりは、かの紛々（ふんぷん）と纏れ合う群衆の上に高く傑出して、その瞬間には浴場全体がこの男一人になったと思わるるほどである。超人だ。ニーチェのいわゆる超人だ。魔中の大王だ。化物の頭梁だ。と思って見ていると湯槽の後ろでおーいと答えたものがある。おやとまたもそちらに眸をそらすと、暗澹として物色も出来ぬ中に、例のちゃんちゃん姿の三介が砕けよと一塊（ひとかたま）りの石炭を竈の中に投げ入れるのが見えた。竈の蓋をくぐって、この塊りがぱちぱちと鳴るときに、三介の半面がぱっと明るくなる。同時に三介の後ろにある煉瓦の壁が暗（やみ）を通して燃えるごとく光った。吾輩は少々物凄くなったから早々窓から飛び下りて家に帰る。帰りながらも考えた。羽織を脱ぎ、猿股を脱ぎ、袴を脱いで平等になろうと力（つと）める赤裸々の中には、また赤裸々の豪傑が出て来て他の群小を圧倒してしまう。平等はいくらはだかになったって得られるものではない。

帰って見ると天下は太平なもので、主人は湯上がりの顔をテラテラ光らして晩餐を食っている。吾輩が椽側から上がるのを見て、のんきな猫だなあ、今頃どこをあるいているんだろうと云った。

膳の上を見ると、銭のない癖に二三品御菜（おかず）をならべている。そのうちに肴の焼いたのが一疋ある。これは何と称する肴か知らんが、何でも昨日あたり御台場近辺でやられたに相違ない。肴は丈夫なものだと説明しておいたが、いくら丈夫でもこう焼かれたり煮られたりしてはたまらん。多病にして残喘（ざんぜん）を保つ方がよほど結構だ。こう考えて膳の傍に坐って、隙があったら何か頂戴しようと、見るごとく見ざるごとく装っていた。こんな装い方を知らないものは到底うまい肴は食えないと諦めなければいけない。主人は肴をちょっと突っついたが、うまくないと云う顔付をして箸を置いた。正面に控えたる妻君はこれまた無言のまま箸の上下に運動する様子、主人の両顎の離合開闔（かいこう）の具合を熱心に研究している。

「おい、その猫の頭をちょっと撲って見ろ」と主人は突然細君に請求した。

「撲てば、どうするんですか」

「どうしてもいいからちょっと撲って見ろ」

こうですかと細君は平手で吾輩の頭をちょっと敲く。痛くも何ともない。

「鳴かんじゃないか」

「ええ」

「もう一返やって見ろ」

「何返やったって同じ事じゃありませんか」と細君また平手でぽかと参る。やはり何ともないから、じっとしていた。しかしその何のためたるやは智慮深き吾輩には頓と了解し難い。これが了解出来れば、どうかこうか方法もあろうがただ撲って見ろだから、撲つ細君も困るし、撲たれる吾輩も困る。主人は二度まで思い通りにならんので、少々焦れ気味で「おい、ちょっと鳴くようにぶって見ろ」と云った。

細君は面倒な顔付で「鳴かして何になさるんですか」と問いながら、またぴしゃりとおいでになった。こう先方の目的がわかれば訳はない、鳴いてさえやれば主人を満足させる事は出来るのだ。主人はかくのごとく愚物だから厭になる。鳴かせるためなら、ためと早く云えば二返も三返も余計な手数はしなくてもすむし、吾輩も一度で放免になる事を二度も三度も繰り返えされる必要はないのだ。ただ打って見ろと云う命令は、打つ事それ自身を目的とする場合のほかに用うべきものでない。打つのは向うの事、鳴くのはこっちの事だ。

鳴く事を始めから予期して懸って、ただ打つと云う命令のうちに、こっちの随意たるべき鳴く事さえ含まってるように考えるのは失敬千万だ。他人の人格を重んぜんと云うものだ。猫を馬鹿にしている。主人の蛇蝎のごとく嫌う金田君ならやりそうな事だが、赤裸々をもって誇る主人としてはすこぶる卑劣である。しかし実のところ主人はこれほどけちな男ではないのである。だから主人のこの命令は狡猾の極に出でたのではない。つまり智慧の足りないところから湧いた孑孑（ぼうふら）のようなものと思惟する。飯を食えば腹が張るに極（き）まっている。切れば血が出るに極っている。殺せば死ぬに極まっている。それだから打てば鳴くに極っていると速断をやったんだろう。しかしそれはお気の毒だが少し論理に合わない。その格で行くと川へ落ちれば必ず死ぬ事になる。天麩羅を食えば必ず下痢する事になる。月給をもらえば必ず出勤する事になる。書物を読めば必ずえらくなる事になる。必ずそうなっては少し困る人が出来てくる。打てば必ずなかなければならんとなると吾輩は迷惑である。目白の時の鐘と同一に見做（みな）されては猫と生れた甲斐がない。まず腹の中でこれだけ主人を凹ましておいて、しかる後にゃーと注文通り鳴いてやった。

するると主人は細君に向って「今鳴いた、にゃあと云う声は感投詞か、副詞か何だか知ってるか」と聞いた。

細君はあまり突然な問なので、何にも云わない。実を云うと吾輩もこれは洗湯の逆上がまださめないためだろうと思ったくらいだ。元来この主人は近所合壁（がっぺき）有名な変人で現にある人はたしかに神経病だとまで断言したくらいである。ところが主人の自信はえらいもので、おれが神経病じゃない、世の中の奴が神経病だと頑張っている。近辺のものが主人を犬々と呼ぶと、主人は公平を維持するため必要だとか号して彼等を豚々と呼ぶ。実際主人はどこまでも公平を維持するつもりらしい。困ったものだ。こう云う男だからこんな奇問を細君に対（むか）って呈出するのも、主人に取っては朝飯前の小事件かも知れないが、聞く方から云わせるとちょっと神経病に近い人の云いそうな事だ。だから細君は煙に捲かれた気味で何とも云わない。吾輩は無論何とも答えようがない。すると主人はたちまち大きな声で

「おい」と呼びかけた。

細君は吃驚（びっくり）して「はい」と答えた。

「そのはいは感投詞か副詞か、どっちだ」

「どっちですか、そんな馬鹿気た事はどうでもいいじゃありませんか」

「いいものか、これが現に国語家の頭脳を支配している大問題だ」

「あらまあ、猫の鳴き声がですか、いやな事ねえ。だって、猫の鳴き声は日本語じゃあないじゃありませんか」

「それだからさ。それがむずかしい問題なんだよ。比較研究と云うんだ」

「そう」と細君は利口だから、こんな馬鹿な問題には関係しない。「それで、どっちだか分ったんですか」

「重要な問題だからそう急には分らんさ」と例の肴をむしゃむしゃ食う。ついでにその隣にある豚と芋のにころばしを食う。「これは豚だな」「ええ豚でござんす」「ふん」と大軽蔑の調子をもって飲み込んだ。「酒をもう一杯飲もう」と杯を出す。

「今夜はなかなかあがるのね。もう大分赤くなっていらっしゃいますよ」

「飲むとも――御前世界で一番長い字を知ってるか」

「ええ、前の関白太政大臣でしょう」

「それは名前だ。長い字を知ってるか」

「字って横文字ですか」

「うん」

「知らないわ、——御酒はもういいでしょう、これで御飯になさいな、ねえ」

「いや、まだ飲む。一番長い字を教えてやろうか」

「ええ。そうしたら御飯ですよ」

「Archaiomelesidonophrunicherata と云う字だ」

「出鱈目でしょう」

「出鱈目なものか、希臘語だ」

「何という字なの、日本語にすれば」

「意味はしらん。ただ綴りだけ知ってるんだ。長く書くと六寸三分くらいにかける」

　他人なら酒の上で云うべき事を、正気で云っているところがすこぶる奇観である。もっとも今夜に限って酒を無暗にのむ。平生なら猪口に二杯ときめているのを、もう四杯飲んだ。二杯でも随分赤くなるところを倍飲んだのだから顔が焼火箸のようにほてって、さも苦しそうだ。それでもまだやめない。「もう一杯」と出す。細君はあまりの事に

「もう御よしになったら、いいでしょう。苦しいばかりですわ」と苦々しい顔をする。

「なに苦しくってもこれから少し稽古するんだ。大町桂月が飲めと云った」

「桂月って何です」さすがの桂月も細君に逢っては一文の価値もない。

「桂月は現今一流の批評家だ。それが飲めと云うのだからいいに極っているさ」

「馬鹿をおっしゃい。桂月だって、梅月だって、苦しい思をして酒を飲めなんて、「余計な事ですわ」

「酒ばかりじゃない。交際をして、道楽をして、旅行をしろといった」

「なおわるいじゃありませんか。そんな人が第一流の批評家なの。まああきれた。妻子のあるものに道楽をすすめるなんて……」

「道楽もいいさ。桂月が勧めなくっても金さえあればやるかも知れない」

「なくって仕合せだわ。今から道楽なんぞ始められちゃあ大変ですよ」

「大変だと云うならよしてやるから、その代りもう少し夫を大事にして、そうして晩に、もっと御馳走を食わせろ」

「これが精一杯のところですよ」

「そうかしらん。それじゃ道楽は追って金が這入り次第やる事にして、今夜はこれでやめよう」と飯茶椀を出す。何でも茶漬を三ぜん食ったようだ。

吾輩はその夜豚肉三片（みきれ）と塩焼の頭を頂戴

した。

## 八

垣巡りと云う運動を説明した時に、主人の庭を結い繞（めぐ）らしてある竹垣の事をちょっと述べたつもりであるが、この竹垣の外がすぐ隣家、即ち南隣の次郎ちゃんとことと思っては誤解である。家賃は安いがそこは苦沙弥先生である。与っちゃんや次郎ちゃんなどと号する、いわゆるちゃん付きの連中と、薄っ片（ぺら）な垣一重を隔てて御隣り同志の親密なる交際は結んでおらぬ。この垣の外は五六間の空地であって、その尽くるところに檜が蓊然（こんもり）と五六本併（なら）んでいる。椽側から拝見すると、向うは茂った森で、ここに往む先生は野中の一軒家に、無名の猫を友にして日月を送る江湖の処士であるかのごとき感がある。但し檜の枝は吹聴するごとく密生しておらんので、その間から群鶴館（ぐんかくかん）という、名前だけ立派な安下宿の安屋根が遠慮なく見えるから、しかく先生を想像するのにはよほど骨の折れるのは無論である。しかしこの下宿が群鶴館なら先生の居はたしかに臥竜窟（がりょうくつ）くらいな価値はある。名前に税はかからんから御互にえらそうな奴を勝手次第に付ける事として、この幅五六間の空地が竹垣を添うて東西に走る事約十間、それから、たちまち鉤の手に屈曲して、臥竜窟の北面を取り囲んでいる。この北面が騒動の種である。本来なら空地を行き尽してまたあき地、とか何とか威張ってもいいくらいに家の二側（ふたがわ）を包んでいるのだが、臥竜窟の主人は無論窟内の霊猫（れいびょう）たる吾輩すらこのあき地には手こずっている。南側に檜が幅を利かしているごとく、北側には桐の木が七八本行列している。もう周囲一尺くらいにのびているから下駄屋さえ連れてくればいい価になるんだが、借家の悲しさには、いくら気が付いても実行は出来ん。主人に対しても気の毒である。せんだって学校の小使が来て枝を一本切って行ったが、そのつぎに来た時は新らしい桐の俎下駄（まないたげた）を穿いて、この間の枝でこしらえましたと、聞きもせんのに吹聴していた。ずるい奴だ。桐はあるが吾輩及び主人家族にとっては一文にもならない桐である。玉を抱いて罪ありと云う古語があるそうだが、これは桐を生やして銭なしと云ってもしかるべきもので、いわゆる宝の持ち腐れである。愚なるものは主人にあらず、吾輩にあらず、家主の伝兵衛である。いないかな、いないかな、下駄屋はいないかなと桐の方で催促しているのに知らん面(かお)をして屋賃ばかり取り立てにくる。吾輩は別に伝兵衛に恨もないから彼の悪口をこのくらいにして、本題に戻ってこの空地が騒動の種であると云う珍譚(ちんだん)を紹介仕るが、決して主人にいってはいけない。これぎりの話しである。そもそもこの空地に関して第一の不都合なる事は垣根のない事である。吹き払い、吹き通し、抜け裏、通行御免天下晴れての空地である。あると云うと嘘をつくようでよろしくない。実を云うとあったのである。しかし話しは過去へ溯（さかのぼ）らんと源因が分からない。源因が分からないと、医者でも処方に迷惑する。だからここへ引き越して来た当時からゆっくりと話し始める。吹き通しも夏はせいせいして心持ちがいいものだ、不用心だって金のないところに盗難のあるはずはない。だから主人の家に、あらゆる塀、垣、乃至は乱杭、逆茂木の類は全く不要である。しかしながらこれは空地の向うに住居する人間もしくは動物の種類如何によって決せらるる問題であろうと思う。従ってこの問題を決するためには勢い向う側に陣取っている君子の性質を明かにせんければならん。人間だか動物だか分らない先に君子と称するのははなはだ早計のようではあるが大抵君子で間違はない。梁上の君子などと云って泥棒さえ君子と云う世の中である。但しこの場合における君子は決して警察の厄介になるような君子ではない。警察の厄介にならない代りに、数でこなした者と見えて沢山いる。うじゃうじゃいる。落雲館と称する私立の中学校――八百の君子をいやが上に君子に養成するために毎月二円の月謝を徴集する学校である。名前が落雲館だから風流な君子ばかりかと思うと、それがそもそもの間違になる。その信用すべからざる事は群鶴館に鶴の下りざるごとく、臥竜窟に猫がいるようなものである。学士とか教師とか号するものに主人苦沙弥君のごとき気違のある事を知った以上は落雲館の君子が風流漢ばかりでないと云う事がわかる訳だ。それがわからんと主張するならまず三日ばかり主人のうちへ宿（とま）りに来て見るがいい。

前申すごとく、ここへ引き越しの当時は、例の空地に垣がないので、落雲館の君子は車屋の黒のごとく、のそのそと桐畠に這入り込んできて、話をする、弁当を食う、笹の上に寝転ぶ――いろいろの事をやったものだ。それからは弁当の死骸即ち竹の皮、古新聞、あるいは古草履、古下駄、ふると云う名のつくものを大概ここへ棄てたようだ。無頓着なる主人は存外平気に構えて、別段抗議も申し込まずに打ち過ぎたのは、知らなかったのか、知っても咎めんつもりであったのか分らない。ところが彼等諸君子は学校で教育を受くるに従って、だんだん君子らしくなったものと見えて、次第に北側から南側の方面へ向けて蚕食を企だてて来た。蚕食と云う語が君子に不似合ならやめてもよろしい。但しほかに言葉がないのである。彼等は水草を追うて居を変ずる沙漠の住民のごとく、桐の木を去って檜の方に進んで来た。檜のある所は座敷の正面である。よほど大胆なる君子でなければこれほどの行動は取れんはずである。一両日の後彼等の大胆はさらに一層の大を加え大々胆（だいだいたん）となった。教育の結果ほど恐しいものはない。彼等は単に座敷の正面に逼るのみならず、この正面において歌をうたいだした。何と云う歌か忘れてしまったが、決して三十一文字の類ではない、もっと活溌（かっぱつ）で、もっと俗耳に入り易い歌であった。驚ろいたのは主人ばかりではない、吾輩までも彼等君子の才芸に嘆服（たんぷく）して覚えず耳を傾けたくらいである。しかし読者もご案内であろうが、嘆服と云う事と邪魔と云う事は時として両立する場合がある。この両者がこの際図らずも合して一となったのは、今から考えて見ても返す返す残念である。主人も残念であったろうが、やむを得ず書斎から飛び出して行って、ここは君等の這入る所ではない、出給えと云って、二三度追い出したようだ。ところが教育のある君子の事だから、こんな事でおとなしく聞く訳がない。追い出されればすぐ這入る。這入れば活溌なる歌をうたう。高声に談話をする。しかも君子の談話だから一風違って、おめえだの知らねえのと云う。そんな言葉は御維新前は折助と雲助と三助の専門的知識に属していたそうだが、二十世紀になってから教育ある君子の学ぶ唯一の言語であるそうだ。一般から軽蔑せられたる運動が、かくのごとく今日歓迎せらるるようになったのと同一の現象だと説明した人がある。主人はまた書斎から飛び出してこの君子流の言葉にもっとも堪能なる一人を捉（つら）まえて、なぜここへ這入るかと詰問したら、君子はたちまち「おめえ、知らねえ」の上品な言葉を忘れて「ここは学校の植物園かと思いました」とすこぶる下品な言葉で答えた。主人は将来を戒めて放してやった。放してやるのは亀の子のようでおかしいが、実際彼は君子の袖を捉えて談判したのである。このくらいやかましく云ったらもうよかろうと主人は思っていたそうだ。ところが実際は女媧氏（じょかし）の時代から予期と違うもので、主人はまた失敗した。今度は北側から邸内を横断して表門から抜ける、表門をがらりとあけるから御客かと思うと桐畠の方で笑う声がする。形勢はますます不穏である。教育の功果はいよいよ顕著になってくる。気の毒な主人はこいつは手に合わんと、それから書斎へ立て籠って、恭しく一書を落雲館校長に奉って、少々御取締をと哀願した。校長も鄭重なる返書を主人に送って、垣をするから待ってくれと云った。しばらくすると二三人の職人が来て半日ばかりの間に主人の屋敷と、落雲館の境に、高さ三尺ばかりの四つ目垣が出来上がった。これでようよう安心だと主人は喜こんだ。主人は愚物である。このくらいの事で君子の挙動の変化する訳がない。

全体人にからかうのは面白いものである。吾輩のような猫ですら、時々は当家の令嬢にからかって遊ぶくらいだから、落雲館の君子が、気の利かない苦沙弥先生にからかうのは至極もっともなところで、これに不平なのは恐らく、からかわれる当人だけであろう。からかうと云う心理を解剖して見ると二つの要素がある。第一からかわれる当人が平気ですましていてはならん。第二からかう者が勢力において人数において相手より強くなくてはいかん。この間主人が動物園から帰って来てしきりに感心して話した事がある。聞いて見ると駱駝と小犬の喧嘩を見たのだそうだ。小犬が駱駝の周囲を疾風のごとく廻転して吠え立てると、駱駝は何の気もつかずに、依然として背中へ瘤をこしらえて突っ立ったままであるそうだ。いくら吠えても狂っても相手にせんので、しまいには犬も愛想をつかしてやめる、実に駱駝は無神経だと笑っていたが、それがこの場合の適例である。いくらからかうものが上手でも相手が駱駝と来ては成立しない。さればと云って獅子や虎のように先方が強過ぎても者にならん。からかいかけるや否や八つ裂きにされてしまう。からかうと歯をむき出して怒る、怒る事は怒るが、こっちをどうする事も出来ないと云う安心のある時に愉快は非常に多いものである。なぜこんな事が面白いと云うとその理由はいろいろある。まずひまつぶしに適している。退屈な時には髯の数さえ勘定して見たくなる者だ。昔し獄に投ぜられた囚人の一人は無聊のあまり、房（へや）の壁に三角形を重ねて画いてその日をくらしたと云う話がある。世の中に退屈ほど我慢の出来にくいものはない、何か活気を刺激する事件がないと生きているのがつらいものだ。

からかうと云うのもつまりこの刺激を作って遊ぶ一種の娯楽である。但し多少先方を怒らせるか、じらせるか、弱らせるかしなくては刺激にならんから、昔しからからかうと云う娯楽に耽るものは人の気を知らない馬鹿大名のような退屈の多い者、もしくは自分のなぐさみ以外は考うるに暇なきほど頭の発達が幼稚で、しかも活気の使い道に窮する少年かに限っている。次には自己の優勢な事を実地に証明するものにはもっとも簡便な方法である。人を殺したり、人を傷(きずつ)けたり、または人を陥れたりしても自己の優勢な事は証明出来る訳であるが、これらはむしろ殺したり、傷けたり、陥れたりするのが目的のときによるべき手段で、自己の優勢なる事はこの手段を遂行した後に必然の結果として起る現象に過ぎん。だから一方には自分の勢力が示したくって、しかもそんなに人に害を与えたくないと云う場合には、からかうのが一番御恰好である。多少人を傷けなければ自己のえらい事は事実の上に証拠だてられない。事実になって出て来ないと、頭のうちで安心していても存外快楽のうすいものである。人間は自己を恃むものである。否恃み難い場合でも恃みたいものである。それだから自己はこれだけ恃める者だ、これなら安心だと云う事を、人に対して実地に応用して見ないと気がすまない。しかも理窟のわからない俗物や、あまり自己が恃みになりそうもなくて落ちつきのない者は、あらゆる機会を利用して、この証券を握ろうとする。柔術使が時々人を投げて見たくなるのと同じ事である。柔術の怪しいものは、どうか自分より弱い奴に、ただの一返でいいから出逢って見たい、素人でも構わないから抛げて見たいと至極危険な了見を抱いて町内をあるくのもこれがためである。その他にも理由はいろいろあるが、あまり長くなるから略する事に致す。聞きたければ鰹節の一折も持って習いに来るがいい、いつでも教えてやる。以上に説くところを参考して推論して見ると、吾輩の考（かんがえ）では奥山の猿と、学校の教師がからかうには一番手頃である。学校の教師をもって、奥山の猿に比較しては勿体ない。――猿に対して勿体ないのではない、教師に対して勿体ないのである。しかしよく似ているから仕方がない、御承知の通り奥山の猿は鎖で繋がれている。いくら歯をむき出してしても、きゃっきゃっ騒いでも引き掻かれる気遣はない。教師は鎖で繋がれておらない代りに月給で縛られている。いくらからかったって大丈夫、辞職して生徒をぶんなぐる事はない。辞職をする勇気のあるようなものなら最初から教師などをして生徒の御守（おも）りは勤めないはずである。主人は教師である。落雲館の教師ではないが、やはり教師に相違ない。からかうには至極適当で、至極安直で、至極無事な男である。落雲館の生徒は少年である。からかう事は自己の鼻を高くする所以で、教育の功果として至当に要求してしかるべき権利とまで心得ている。のみならずからかいでもしなければ、活気に充ちた五体と頭脳を、いかに使用してしかるべきか十分の休暇中持てあまして困っている連中である。これらの条件が備われば主人は自からからかわれ、生徒は自からからかう、誰から云わしても毫も無理のないところである。それを怒る主人は野暮の極、間抜の骨頂でしょう。これから落雲館の生徒がいかに主人にからかったか、これに対して主人がいかに野暮を極めたかを逐一かいてご覧に入れる。

諸君は四つ目垣とはいかなる者であるか御承知であろう。風通しのいい、簡便な垣である。吾輩などは目の間から自由自在に往来する事が出来る。こしらえたって、こしらえなくたって同じ事だ。然し落雲館の校長は猫のために四つ目垣を作ったのではない、自分が養成する君子が潜られんために、わざわざ職人を入れて結い繞(めぐ)らせたのである。なるほどいくら風通しがよく出来ていても、人間には潜れそうにない。この竹をもって組み合せたる四寸角の穴をぬける事は、清国の奇術師張世尊（ちょうせいそん）その人といえどもむずかしい。だから人間に対しては充分垣の功能をつくしているに相違ない。主人がその出来上ったのを見て、これならよかろうと喜んだのも無理はない。しかし主人の論理には大なる穴がある。この垣よりも大いなる穴がある。呑舟の魚をも洩らすべき大穴がある。彼は垣は踰（こ）ゆべきものにあらずとの仮定から出立している。いやしくも学校の生徒たる以上はいかに粗末の垣でも、垣と云う名がついて、分界線の区域さえ判然すれば決して乱入される気遣はないと仮定したのである。次に彼はその仮定をしばらく打ち崩して、よし乱入する者があっても大丈夫と論断したのである。四つ目垣の穴を潜り得る事は、いかなる小僧といえども到底出来る気遣はないから乱入の虞は決してないと速定（そくてい）してしまったのである。なるほど彼等が猫でない限りはこの四角の目をぬけてくる事はしまい、したくても出来まいが、乗り踰える事、飛び越える事は何の事もない。かえって運動になって面白いくらいである。

垣の出来た翌日から、垣の出来ぬ前と同様に彼等は北側の空地へぽかりぽかりと飛び込む。但し座敷の正面までは深入りをしない。もし追い懸られたら逃げるのに、少々ひまがいるから、予め逃げる時間を勘定に入れて、捕えらるる危険のない所で遊弋（ゆうよく）をしている。彼等が何をしているか東の離れにいる主人には無論目に入らない。北側の空地に彼等が遊弋している状態は、木戸をあけて反対の方角から鉤の手に曲って見るか、または後架（こうか）の窓から垣根越しに眺めるよりほかに仕方がない。窓から眺める時はどこに何がいるか、一目明瞭に見渡す事が出来るが、よしや敵を幾人見出したからと云って捕える訳には行かぬ。ただ窓の格子の中から叱りつけるばかりである。もし木戸から迂回して敵地を突こうとすれば、足音を聞きつけて、ぽかりぽかりと捉まる前に向う側へ下りてしまう。膃肭臍（おっとせい）がひなたぼっこをしているところへ密猟船が向ったような者だ。主人は無論後架で張り番をしている訳ではない。と云って木戸を開いて、音がしたら直ぐ飛び出す用意もない。もしそんな事をやる日には教師を辞職して、その方専門にならなければ追っつかない。主人方の不利を云うと書斎からは敵の声だけ聞えて姿が見えないのと、窓からは姿が見えるだけで手が出せない事である。この不利を看破したる敵はこんな軍略を講じた。主人が書斎に立て籠っていると探偵した時には、なるべく大きな声を出してわあわあ云う。その中には主人をひやかすような事を聞こえよがしに述べる。しかもその声の出所を極めて不分明にする。ちょっと聞くと垣の内で騒いでいるのか、あるいは向う側であばれているのか判定しにくいようにする。

もし主人が出懸けて来たら、逃げ出すか、または始めから向う側にいて知らん顔をする。また主人が後架へ――吾輩は最前からしきりに後架後架ときたない字を使用するのを別段の光栄とも思っておらん、実は迷惑千万であるが、この戦争を記述する上において必要であるからやむを得ない。――即ち主人が後架へまかり越したと見て取るときは、必ず桐の木の附近を徘徊してわざと主人の眼につくようにする。主人がもし後架から四隣に響く大音を揚げて怒鳴りつければ敵は周章（あわ）てる気色もなく悠然と根拠地へ引きあげる。この軍略を用いられると主人ははなはだ困却する。たしかに這入っているなと思ってステッキを持って出懸けると寂然として誰もいない。いないかと思って窓からのぞくと必ず一二人這入っている。主人は裏へ廻って見たり、後架から覗いて見たり、後架から覗いて見たり、裏へ廻って見たり、何度言っても同じ事だが、何度云っても同じ事を繰り返している。奔命に疲れるとはこの事である。教師が職業であるか、戦争が本務であるかちょっと分らないくらい逆上して来た。この逆上の頂点に達した時に下の事件が起ったのである。

事件は大概逆上から出る者だ。逆上とは読んで字のごとく逆かさに上るのである、この点に関してはゲーレンもパラセルサスも旧弊なる扁鵲（へんじゃく）も異議を唱うる者は一人もない。ただどこへ逆かさに上るかが問題である。また何が逆かさに上るかが議論のあるところである。古来欧洲人の伝説によると、吾人の体内には四種の液が循環しておったそうだ。第一に怒液（どえき）と云う奴がある。これが逆かさに上ると怒り出す。第二に鈍液と名づくるのがある。これが逆かさに上ると神経が鈍くなる。次には憂液、これは人間を陰気にする。最後が血液、これは四肢を壮んにする。その後人文が進むに従って鈍液、怒液、憂液はいつの間にかなくなって、現今に至っては血液だけが昔のように循環していると云う話しだ。だからもし逆上する者があらば血液よりほかにはあるまいと思われる。しかるにこの血液の分量は個人によってちゃんと極まっている。性分によって多少の増減はあるが、まず大抵一人前に付五升五合の割合である。だによって、この五升五合が逆かさに上ると、上ったところだけは熾んに活動するが、その他の局部は欠乏を感じて冷たくなる。ちょうど交番焼打の当時巡査がことごとく警察署へ集って、町内には一人もなくなったようなものだ。あれも医学上から診断をすると警察の逆上と云う者である。でこの逆上を癒やすには血液を従前のごとく体内の各部へ平均に分配しなければならん。そうするには逆かさに上った奴を下へ降さなくてはならん。その方にはいろいろある。今は故人となられたが主人の先君などは濡れ手拭を頭にあてて炬燵にあたっておられたそうだ。頭寒足熱は延命息災の徴と傷寒論にも出ている通り、濡れ手拭は長寿法において一日も欠くべからざる者である。それでなければ坊主の慣用する手段を試みるがよい。一所不住の沙門雲水行脚（しゃもんうんすいあんぎゃ）の衲僧（のうそう）は必ず樹下石上を宿とすとある。樹下石上とは難行苦行のためではない。全くのぼせを下げるために六祖が米を舂（つ）きながら考え出した秘法である。試みに石の上に坐ってご覧、尻が冷えるのは当り前だろう。尻が冷える、のぼせが下がる、これまた自然の順序にして毫も疑を挟むべき余地はない。かようにいろいろな方法を用いてのぼせを下げる工夫は大分発明されたが、まだのぼせを引き起す良方が案出されないのは残念である。一概に考えるとのぼせは損あって益なき現象であるが、そうばかり速断してならん場合がある。職業によると逆上はよほど大切な者で、逆上せんと何にも出来ない事がある。その中でもっとも逆上を重んずるのは詩人である。詩人に逆上が必要なる事は汽船に石炭が欠くべからざるような者で、この供給が一日でも途切れると彼れ等は手を拱いて飯を食うよりほかに何等の能もない凡人になってしまう。もっとも逆上は気違の異名で、気違にならないと家業が立ち行かんとあっては世間体が悪いから、彼等の仲間では逆上を呼ぶに逆上の名をもってしない。申し合せてインスピレーション、インスピレーションとさも勿体そうに称えている。これは彼等が世間を瞞着するために製造した名でその実は正に逆上である。プレートーは彼等の肩を持ってこの種の逆上を神聖なる狂気と号したが、いくら神聖でも狂気では人が相手にしない。やはりインスピレーションと云う新発明の売薬のような名を付けておく方が彼等のためによかろうと思う。しかし蒲鉾の種が山芋であるごとく、観音の像が一寸八分の朽木であるごとく、鴨南蛮の材料が烏であるごとく、下宿屋の牛鍋が馬肉であるごとくインスピレーションも実は逆上である。逆上であって見れば臨時の気違である。巣鴨へ入院せずに済むのは単に臨時気違であるからだ。ところがこの臨時の気違を製造する事が困難なのである。一生涯の狂人はかえって出来安いが、筆を執って紙に向う間だけ気違にするのは、いかに巧者な神様でもよほど骨が折れると見えて、なかなか拵えて見せない。神が作ってくれん以上は自力で拵えなければならん。そこで昔から今日まで逆上術もまた逆上とりのけ術と同じく大に学者の頭脳を悩ました。

ある人はインスピレーションを得るために毎日渋柿を十二個ずつ食った。これは渋柿を食えば便秘する、便秘すれば逆上は必ず起るという理論から来たものだ。またある人はかん徳利を持って鉄砲風呂へ飛び込んだ。湯の中で酒を飲んだら逆上するに極(きま)っていると考えたのである。その人の説によるとこれで成功しなければ葡萄酒の湯をわかして這入れば一返で功能があると信じ切っている。しかし金がないのでついに実行する事が出来なくて死んでしまったのは気の毒である。最後に古人の真似をしたらインスピレーションが起るだろうと思いついた者がある。これはある人の態度動作を真似ると心的状態もその人に似てくると云う学説を応用したのである。酔っぱらいのように管を捲いていると、いつの間にか酒飲みのような心持になる、坐禅をして線香一本の間我慢しているとどことなく坊主らしい気分になれる。だから昔からインスピレーションを受けた有名の大家の所作を真似れば必ず逆上するに相違ない。聞くところによればユーゴーは快走船（ヨット）の上へ寝転んで文章の趣向を考えたそうだから、船へ乗って青空を見つめていれば必ず逆上受合である。スチーヴンソンは腹這に寝て小説を書いたそうだから、打つ伏しになって筆を持てばきっと血が逆かさに上ってくる。かようにいろいろな人がいろいろの事を考え出したが、まだ誰も成功しない。まず今日のところでは人為的逆上は不可能の事となっている。残念だが致し方がない。早晩随意にインスピレーションを起し得る時機の到来するは疑（うたがい）もない事で、吾輩は人文のためにこの時機の一日も早く来らん事を切望するのである。

逆上の説明はこのくらいで充分だろうと思うから、これよりいよいよ事件に取りかかる。しかしすべての大事件の前には必ず小事件が起るものだ。大事件のみを述べて、小事件を逸するのは古来から歴史家の常に陥る弊竇（へいとう）である。

主人の逆上も小事件に逢う度に一層の劇甚（げきじん）を加えて、ついに大事件を引き起したのであるからして、幾分かその発達を順序立てて述べないと主人がいかに逆上しているか分りにくい。分りにくいと主人の逆上は空名に帰して、世間からはよもやそれほどでもなかろうと見くびられるかも知れない。せっかく逆上しても人から天晴な逆上と謡われなくては張り合がないだろう。これから述べる事件は大小に係らず主人に取って名誉な者ではない。事件その物が不名誉であるならば、責めて逆上なりとも、正銘の逆上であって、決して人に劣るものでないと云う事を明かにしておきたい。主人は他に対して別にこれと云って誇るに足る性質を有しておらん。逆上でも自慢しなくてはほかに骨を折って書き立ててやる種がない。

落雲館に群がる敵軍は近日に至って一種のダムダム弾を発明して、十分の休暇、もしくは放課後に至って熾に北側の空地に向って砲火を浴びせかける。このダムダム弾は通称をボールと称えて、擂粉木の大きな奴をもって任意これを敵中に発射する仕掛である。いくらダムダムだって落雲館の運動場から発射するのだから、書斎に立て籠ってる主人に中る気遣はない。敵といえども弾道のあまり遠過ぎるのを自覚せん事はないのだけれど、そこが軍略である。旅順の戦争にも海軍から間接射撃を行って偉大な功を奏したと云う話であれば、空地へころがり落つるボールといえども相当の功果を収め得ぬ事はない。いわんや一発を送る度に総軍力を合せてわーと威嚇性大音声（だいおんじょう）を出すにおいてをやである。主人は恐縮の結果として手足に通う血管が収縮せざるを得ない。煩悶の極そこいらを迷付（まごつ）いている血が逆さに上るはずである。敵の計（はかりごと）はなかなか巧妙と云うてよろしい。昔し希臘（ギリシャ）にイスキラスと云う作家があったそうだ。この男は学者作家に共通なる頭を有していたと云う。

吾輩のいわゆる学者作家に共通なる頭とは禿と云う意味である。なぜ頭が禿げるかと云えば頭の営養不足で毛が生長するほど活気がないからに相違ない。学者作家はもっとも多く頭を使うものであって大概は貧乏に極っている。だから学者作家の頭はみんな営養不足でみんな禿げている。さてイスキラスも作家であるから自然の勢禿げなくてはならん。彼はつるつる然たる金柑頭を有しておった。ところがある日の事、先生例の頭――頭に外行も普段着もないから例の頭に極ってるが——その例の頭を振り立て振り立て、太陽に照らしつけて往来をあるいていた。これが間違いのもとである。禿げ頭を日にあてて遠方から見ると、大変よく光るものだ。高い木には風があたる、光かる頭にも何かあたらなくてはならん。この時イスキラスの頭の上に一羽の鷲が舞っていたが、見るとどこかで生捕った一疋の亀を爪の先に攫んだままである。亀、スッポンなどは美味に相違ないが、希臘時代から堅い甲羅をつけている。いくら美味でも甲羅つきではどうする事も出来ん。海老の鬼殻焼はあるが亀の子の甲羅煮は今でさえないくらいだから、当時は無論なかったに極っている。さすがの鷲も少々持て余した折柄、遥かの下界にぴかと光った者がある。その時鷲はしめたと思った。あの光ったものの上へ亀の子を落したなら、甲羅は正（まさ）しく砕けるに極わまった。砕けたあとから舞い下りて中味を頂戴すれば訳はない。そうだそうだと覗（ねらい）を定めて、かの亀の子を高い所から挨拶も無く頭の上へ落した。生憎作家の頭の方が亀の甲より軟らかであったものだから、禿はめちゃめちゃに砕けて有名なるイスキラスはここに無惨の最後を遂げた。それはそうと、解しかねるのは鷲の了見である。例の頭を、作家の頭と知って落したのか、または禿岩と間違えて落したものか、解決しよう次第で、落雲館の敵とこの鷲とを比較する事も出来るし、また出来なくもなる。主人の頭はイスキラスのそれのごとく、また御歴々の学者のごとくぴかぴか光ってはおらん。しかし六畳敷にせよいやしくも書斎と号する一室を控えて、居眠りをしながらも、むずかしい書物の上へ顔を翳す以上は、学者作家の同類と見傚(みな)さなければならん。そうすると主人の頭の禿げておらんのは、まだ禿げるべき資格がないからで、その内に禿げるだろうとは近々この頭の上に落ちかかるべき運命であろう。して見れば落雲館の生徒がこの頭を目懸けて例のダムダム丸（がん）を集注するのは策のもっとも時宜に適したものと云わねばならん。もし敵がこの行動を二週間継続するならば、主人の頭は畏怖と煩悶のため必ず営養の不足を訴えて、金柑とも薬缶とも銅壺とも変化するだろう。なお二週間の砲撃を食えば金柑は潰れるに相違ない。薬缶は洩るに相違ない。銅壺ならひびが入るにきまっている。この睹易（みやす）き結果を予想せんで、あくまでも敵と戦闘を継続しようと苦心するのは、ただ本人たる苦沙弥先生のみである。

ある日の午後、吾輩は例のごとく椽側へ出て午睡をして虎になった夢を見ていた。主人に鶏肉を持って来いと云うと、主人がへえと恐る恐る鶏肉を持って出る。迷亭が来たから、迷亭に雁が食いたい、雁鍋へ行って誂らえて来いと云うと、蕪の香の物と、塩煎餅といっしょに召し上がりますと雁の味が致しますと例のごとく茶羅ッ鉡を云うから、大きな口をあいて、うーと唸って嚇してやったら、迷亭は蒼くなって山下の雁鍋は廃業致しましたがいかが取り計いましょうかと云った。それなら牛肉で勘弁するから早く西川へ行ってロースを一斤取って来い、早くせんと貴様から食い殺すぞと云ったら、迷亭は尻を端折って馳け出した。吾輩は急にからだが大きくなったので、椽側一杯に寝そべって、迷亭の帰るのを待ち受けていると、たちまち家中に響く大きな声がしてせっかくの牛も食わぬ間に夢がさめて吾に帰った。すると今まで恐る恐る吾輩の前に平伏していたと思いのほかの主人が、いきなり後架から飛び出して来て、吾輩の横腹をいやと云うほど蹴たから、おやと思ううち、たちまち庭下駄をつっかけて木戸から廻って、落雲館の方へかけて行く。吾輩は虎から急に猫と収縮したのだから何となく極りが悪くもあり、おかしくもあったが、主人のこの権幕と横腹を蹴られた痛さとで、虎の事はすぐ忘れてしまった。

同時に主人がいよいよ出馬して敵と交戦するな面白いわいと、痛いのを我慢して、後を慕って裏口へ出た。同時に主人がぬすっとうと怒鳴る声が聞える、見ると制帽をつけた十八九になる倔強（くっきょう）な奴が一人、四ツ目垣を向うへ乗り越えつつある。やあ遅かったと思ううち、彼の制帽は馳け足の姿勢をとって根拠地の方へ韋駄天のごとく逃げて行く。主人はぬすっとうが大に成功したので、またもぬすっとうと高く叫びながら追いかけて行く。しかしかの敵に追いつくためには主人の方で垣を越さなければならん。深入りをすれば主人自らが泥棒になるはずである。前申す通り主人は立派なる逆上家である。こう勢に乗じてぬすっとうを追い懸ける以上は、夫子自身がぬすっとうに成っても追い懸けるつもりと見えて、引き返す気色もなく垣の根元まで進んだ。今一歩で彼はぬすっとうの領分に入らなければならんと云う間際に、敵軍の中から、薄い髯を勢なく生やした将官がのこのこと出馬して来た。両人は垣を境に何か談判している。聞いて見るとこんなつまらない議論である。

「あれは本校の生徒です」

「生徒たるべきものが、何で他（ひと）の邸内へ侵入するのですか」

「いやボールがつい飛んだものですから」

「なぜ断って、取りに来ないのですか」

「これから善く注意します」

「そんなら、よろしい」

竜騰虎闘（りゅうとうことう）の壮観があるだろうと予期した交渉はかくのごとく散文的なる談判をもって無事に迅速に結了した。主人の壮んなるはただ意気込みだけである。いざとなると、いつでもこれでおしまいだ。あたかも吾輩が虎の夢から急に猫に返ったような観がある。吾輩の小事件と云うのは即ちこれである。小事件を記述したあとには、順序として是非大事件を話さなければならん。

主人は座敷の障子を開いて腹這になって、何か思案している。恐らく敵に対して防禦策を講じているのだろう。落雲館は授業中と見えて、運動場は存外静かである。ただ校舎の一室で、倫理の講義をしているのが手に取るように聞える。朗々たる音声でなかなかうまく述べ立てているのを聴くと、全く昨日敵中から出馬して談判の衝に当った将軍である。

「……で公徳と云うものは大切な事で、あちらへ行って見ると、仏蘭西（フランス）でも独逸（ドイツ）でも英吉利（イギリス）でも、どこへ行っても、この公徳の行われておらん国はない。またどんな下等な者でもこの公徳を重んぜぬ者はない。悲しいかな、我が日本に在っては、未だこの点において外国と拮抗する事が出来んのである。で公徳と申すと何か新しく外国から輸入して来たように考える諸君もあるかも知れんが、そう思うのは大なる誤りで、昔人（せきじん）も夫子の道一（みちいつ）以て之を貫く、忠恕のみ矣（い）と云われた事がある。この恕と申すのが取りも直さず公徳の出所である。私も人間であるから時には大きな声をして歌などうたって見たくなる事がある。しかし私が勉強している時に隣室のものなどが放歌するのを聴くと、どうしても書物の読めぬのが私の性分である。であるからして自分が唐詩選でも高声に吟じたら気分が晴々してよかろうと思う時ですら、もし自分のように迷惑がる人が隣家に住んでおって、知らず知らずその人の邪魔をするような事があってはすまんと思うて、そう云う時はいつでも控えるのである。こう云う訳だから諸君もなるべく公徳を守って、いやしくも人の妨害になると思う事は決してやってはならんのである。……」

主人は耳を傾けて、「この講話を謹聴していたが、ここに至ってにやりと笑った。ちょっとこのにやりの意味を説明する必要がある。皮肉家がこれをよんだらこのにやりの裏には冷評的分子が交っているると思うだろう。しかし主人は決して、そんな人の悪い男ではない。悪いと云うよりそんなに智慧の発達した男ではない。主人はなぜ笑ったかと云うと全く嬉しくって笑ったのである。倫理の教師たる者がかように痛切なる訓戒を与えるからはこの後は永久ダムダム弾の乱射を免がれるに相違ない。当分のうち頭も禿げずにすむ、逆上は一時に直らんでも時機さえくれば漸次回復するだろう、濡れ手拭を頂いて、炬燵にあたらなくとも、樹下石上を宿としなくとも大丈夫だろうと鑑定したから、にやにやと笑ったのである。借金は必ず返す者と二十世紀の今日にもやはり正直に考えるほどの主人がこの講話を真面目に聞くのは当然であろう。

## 底本と表記について

本書は、青空文庫の「吾輩は猫である」を底本とした。表記については、現代仮名遣いを基調としている。ルビについては、小型活字を避けるという、本書の性格上、できるだけ省略し、必要に応じて、（）に入れる形で表示した。

# シルバー文庫発刊の辞

21世紀になって、科学はさらに発展を遂げた。日本も、多くのノーベル賞受賞者を輩出していることに見られるように、20世紀来、この発展に大きく寄与してきた。科学の継承発展のために、理系教育に重点が置かれつつある趨勢も、この状況に因るものである。

一方で、文学は停滞しているように思われる。

日本のノーベル文学賞受賞者は、川端康成と大江健三郎の二人の小説家のみであり、詩歌人にいたっては皆無である。しかし、短く設定しても千五百年に及ぶ、日本の文学の歴史は豊饒であり、明治文学だけでも、夏目漱石・森鷗外・与謝野晶子・石川啄木と、個性と普遍性を兼ね備えた、作家・詩歌人は枚挙にいとまがない。

ぺんで舎は、科学と同じように、文学もまた継承発展すべきものと考える。先に挙げた文学者たちの作品をはじめ、今後も読まれるべき文学、あるいはこれから読まれるべき文学を、新しい形で、世に送っていく。その第一弾として、大活字・軽量で親しみやすく、かつ上質な文学シリーズである、シルバー文庫をここに発刊する。

もし現代文学が、停滞どころか巷間囁かれているように衰退しているなら、ぺんで舎が志向するのは、「文学の復権」に他ならない。

ぺんで舎　佐々木　龍

ぺんで舎
Silver
シルバー文庫

シルバー文庫　な1-5
大活字本　吾輩は猫である　3

2021年12月25日　初版第1刷発行

著　者　夏目 漱石
発行者　佐々木 龍
発行所　ぺんで舎
〒750-0078 山口県下関市彦島杉田町1-7-13
TEL/FAX 083-237-9171
印　刷　株式会社吉村印刷
装　幀　Shiealdion



Printed in Japan

ISBN978-4-9911711-7-8　C0193

## シルバー文庫の大活字本